지금 여기에 —

잘 살고 있습니다

지금 여기에 ─ 잘 살고 있습니다

글 장보현 사진 김진호

생각정거장

고양이 두 마리와 오래된 한옥에 삽니다

도심 속의 작은 한옥과 처음 만난 건 겨울의 끝자락에서 봄기운이 수줍게 고개를 내밀 무렵이었다. 우리는 순환하는 계절을 따라 지난날에 마침표를 찍고 새로운 작업실을 찾는 중이었다. 나는 20대의 마지막 해를 남겨 두었고 남편은 30대 초반을 활짝 열어젖히려 하던 때였다.

한옥과의 첫 만남은 생각처럼 극적이지 않았다. 흐린 날이었던 탓에 안채로 볕이 드는 모습을 볼 수 없었고, 방한을 위해 모든 창을 막아버렸으니 한옥의 가장 큰 매력이라 여겼던 개방감마저 전혀 드러나지 않았다. 게다가 천장과 벽에 합판을 덧대고 도배지를 켜켜이 쌓아 당최 어떤 형태의 집인지 가늠조차 할 수 없었던 것이다!

남의 옷을 빌려 입은 사람처럼 어딘가 부자연스러운 한옥의 속살은 오로지 마당으로 살며시 내려앉은 처마 끝 서까래만이 그 위용을 쓸쓸히 드러내 보일 뿐이었다. 우리는 맑은 날 재방문을 기약하고 결정을 미뤘다. 도심 한옥에 대한 환상이 증발되어 당혹감을 감추지 못하는 우리에게 전 세입자는 왠지 모를 자신감을 비추며 그 사이 다른 예비 세입자를 받지 않겠다고 했다.

　　화창한 날 다시 찾은 한옥은 정리된 세간이 여백을 드러내며 한층 밝은 개방감을 선사하고 있었다. 여전히 아쉬움이 남기는 했지만, 그럼에도 입주를 결정한 가장 큰 이유는 전세입자의 마음이 전해졌기 때문이다. 그녀의 눈빛에는 이 집에서 쌓은 추억과 일상의 기쁨이 오롯이 담겨 있었다.

　　그렇게 우리는 도심 속 한옥에 발을 들이게 되었다. 이사 후 가장 먼저 한 일은 옥상에 식물을 들이는 것이었다. 화창한 봄볕이 평화롭게 집을 감싸던 어느 일요일, 불현듯 전 세입자가 선물로 남기고 간 옥상의 텅 빈 화분이 말을 걸어왔고, 뭔가에 홀린 것 마냥 길거리로 나가 장바구니에 꽃을 담았다. 그리고선 옥상 위로 올라가 자연스럽게 형형색색의 봄을 심었다. 조금 설레고 많이 서툴렀던 우리와 달리 이 집은 자신이 늘 지켜오던 호흡대로 계절을 흘려보내는 중이다. 그러는 사이 반려묘 미셸은 한옥의 터줏대감이 되었고 우리는 서서히 그간의 삶과는 다른 단계로 진입했다. 이 집에서 나는 소설을 쓰고 짬이 나는 대로 집을 관찰했고 남편은 그 것을 사진으로 남겼다. 일에 치우쳐 있던 삶의 방식이 일상 과 조화롭게 균형을 맞춰가기 시작한 것이다.

해가 뜨는 아침을 기점으로 'ㄷ'자 공간을 부채꼴 모양으로 선회하는 태양빛, 그리고 그 빛을 따라 낮잠 자리를 옮겨 다니는 고양이와 춤추는 잎사귀들. 어둠이 내리면 처마 끝을 타고 반짝이는 달과 별의 행로에 잠시 고개를 뒤로 젖히고, 보름의 월광이 내린 어떤 날에는 창가로 새어든 달빛에 희미 한 밤을 지새우기도 한다. 그리고 어김없이 찾아드는 아침. 어느덧 매일 아침 느끼는 감각의 미세한 차이로 계절을 가늠 할 수 있게 됐다. 어떤 날에는 봄이 성큼 다가와 있는 듯하고, 어떤 날은 여름이 저만치 물러서 있는 것 같다. 가을이 절정 에 다다를 무렵에는 사뭇 건조해진 대기에 일어나자마자 수 분크림부터 찾는다. 좀처럼 빛이 들지 않는 깊숙한 방 한 구 석에 나지막한 태양빛이 비추기 시작하면 돌아온 겨울과 만 난다. 그렇게 이 집에서 여덟 번째 계절을 맞이했다. 봄이었 다가 여름이었다가 가을, 그리고 겨울, 다시 봄.

이 책은 서울 한 가운데서 계절의 변덕을 온몸으로 받아 준 공간에 관한 기록이자 그 속에서 '지속가능한 삶'을 고민 했던 두 사람 그리고 두 마리의 고양이에 관한 이야기다. 우리에게는 다른 방법이 필요했고, 그 방법을 집이라는 일상의 공간에서 찾고자 했다. 우리는 전처럼 최선을 다해 버티거나 새로운 삶을 꿈꾸지 않고, 지금 여기에 잘 살고 있다. 그렇다고 당장 한옥에 세 들어 살라는 건 아니다. 우리의 방법은 수만 갈래 길 중 하나일 뿐이니까. 혹시 삶의 다른 단계에 대해 고민하고 있다면, 이 이야기를 갈피 삼아 각자의 방법을 찾으면 좋겠다.

서촌에서
장보현

목
차

봄

입춘

우수

경칩

춘분

청명

곡우

입 춘

立

春

봄의 시작. 24절기 중 첫째 절기로 보통 양력 2월 4일경에 해당한다.

봄맞이 입춘첩

가장 먼저 봄을 알리는 징후는 아무래도 대기를 희뿌옇게 감싸 안은 먼지층이다. 드넓은 대륙으로부터 서풍을 타고 불어오는 불청객은 그토록 기다려온 나의, 우리의 봄을 온전히 돌려주지 않는다. 그럼에도 불구하고 도시에서 맞이하는 사계 중 가장 아름다운 계절을 꼽으라면 나는 주저 않고 봄을 택할 것이다.

도시와 자연이 어우러진 서울의 봄은 퍽 아름답다. 도처에 나지막이 솟아 오른 산 중턱으로, 봄볕에 찰방이는 드넓은 강을 타고 봄은 흐르고 또 흐른다. 그렇게 불현듯 찾아든 봄기운에 열병을 앓듯 한동안 표류하고 나면 비로소 겨우내 움츠러든 둔탁한 감각이 되살아나는 것만 같다.

　　어쩌다 동풍이 불어와 희뿌연 대기층이 걷히고, 나른한 봄볕이 오롯이 내려앉은 날엔, 도시의 길을 뒤덮은 아스팔트와 벽돌 사이로 보란 듯이 피어오른 아지랑이를 따라 정처 없이 떠돌아야 할 것만 같다. 꼬박 한 해만에 조우한 따사로운 봄볕과, 어느 순간 기하급수적으로 터져버린 꽃봉오리가 뱉어놓은 꽃가루를 만끽하고 나면 온몸으로 꽃이 피어나는 듯한 기분이 엄습한다. 습관적으로 기다려온 봄을 오롯이 맞이하는 어떤 순간이었을 것이다. 그렇게 짧은 산책을 마치고 집으로 돌아오는 길, 익숙한 풍경에 발걸음을 늦추다 남의 집 대문 앞에 멈춰 선다.

입춘대길 건양다경 立春大吉 建陽多慶

음력설을 쇠야 비로소 새로운 한 해가 시작되는 것이 전통이라면 전통이다. 가을 타작이 끝난 뒤 아무렇게나 내버려 둔 스산한 논과 들판 위로 하얀 눈꽃 서리가 내려앉은 정월 초하루. 몸에 잘 맞지도 않는 껄끄러운 색동 한복을 꾸깃꾸깃 차려입고서 사랑방에 가부좌를 틀고 앉아계신 조부모님께 절을 올리고서야 나는 비로소 한 살을 더 먹었다. 동장군의 입김이 여전히 귀밑에 서린 정월 첫날의 의식이 그럭저럭 마무리되면, 할아버지는 벼루에 먹을 갈고 얇은 붓을 꺼내 미리 재단해놓은 종이에 같은 글씨를 여러 장 반복해서 써 내려갔다. 집으로 돌아온 뒤, 아버지는 천장에서 지난 일년 간 가정의 안녕과 행복을 관장한 묵은 입춘첩을 떼어내고 그 자리에 새로 받아온 두 장의 종이를 겹쳐 '八'자 모양으로 붙였다. 어떤 정월 초하루는 봄의 시작을 알리는 절기인 입춘과 비슷하게 맞아떨어지기도 했다.

입춘대길 만사형통 立春大吉 萬事亨通
천화개소멸 사시대길상 千禍皆消滅 四時大吉祥

입춘을 맞아 크게 길하고 모든 일이 뜻하는 대로 두루두루 잘되길, 모든 재앙은 다 소멸되고 항상 상서로운 날이 되어라.

개량 한옥이 밀집해 있는 오래된 동네에 살면서도 나는 여태껏 한 번도 입춘첩을 대문에 붙여본 일이 없다. 촌스럽게 전통 운운하는 것이 유난 떠는 일이라 치부해 버린 것일 수도, 시대에 역행하는 짓이라는 일말의 두려움이 깃들어 있었을는지도 모른다.

그럼에도 불구하고 오래된 책 사이 고이 잠들어 있던 할아버지의 입춘첩을 우연히 발견한 날, 나는 서툰 독해력으로 한 글자 한 글자 읽어 내려가며 지리한 답습을 넘어선 할아버지의 마음을 읽고야 말았다. 언제나 상서로움이 깃들길 염원하는 그 마음을. 그래서였을까. 다시 돌아온 봄을 맞이해 한 해 묵은 먼지도 구석구석 털어내고 가구 위치도 바꿔가며 유난스럽게 몸을 움직여본다. 봄바람에 사르르 풀린 옥상 정원의 동토는 어느덧 질척이는 흙 밭이 되어 새싹을 재촉한다. 다시, 또다시 돌아온 봄이고 시작이다. 클리셰라도 상서로움을 바라는 마음은 어쩔 수 없다. 입춘대길하고, 건양다경하길!

우 수

雨

水

눈이 녹아서 비나 물이 된다는 날이니,
곧 날씨가 풀린다는 뜻이다.

정월 대보름 밥상

　겨우내 얼어있던 땅이 서서히 녹을 무렵, 바깥은 여전히 춥고 입춘 소식에 잠시나마 들뜬 마음도 겨울로 되돌아갈 기세다. 따스한 봄볕을 기다리고 있으나 턱없이 부족한 일조량에 느닷없이 우수雨愁가 밀려오곤 하는 시기. 눈이 녹아 비가 내린다는 우수의 절기 동안 멜랑콜리의 우수가 밀려온다고 하면 말장난일까?

　이 즈음에 냉이며, 쑥이며, 달래 같은 향긋하고도 알싸한 봄나물은 시기상조다. 겨우내 저장해 두었던 비황 작물이 밥상에 오르는 나날들. 그럼에도 불구하고 새롭게 시작된 한 해의 새하얗게 떠오른 정월 대보름달은 봄을 향해 성큼 나아가려는 무언의 메시지를 함축하고 있다.

대보름 전야에는 참기름, 들기름 내가 솔솔 올라오는 묵
은 나물 찬과 차진 잡곡밥이 상에 오른다. 늦가을 건조한 태
양빛에 바싹 말려둔 나물과 곡식은 봄의 제의를 위하여 보

름의 월광 아래 소생했다. 물에 불리고 데쳐낸 나물은 지난 봄의 생기를 다시 머금은 듯 푸르게 빛나고, 끝이며 서리태 며 수수와 조, 찹쌀 등은 가을날 펼쳐진 풍요로운 황금빛 들 판을 환기시킨다. 그렇게 밥상을 깨끗이 비우고 나면, 흐린 날씨 탓에 우수를 들먹이던 기분도 왠지 가벼워지는 듯하다. 귀밝이술을 마셔야 한 해 동안 좋은 말을 듣는다는 둥, 나이 만큼 부럼을 깨야 치아가 건강해진다는 둥, 대보름날 자정을 넘기기 전에 잠들면 눈썹이 하얗게 센다는 둥… 다시 돌아온 한 해의 첫 보름달을 위하여 이렇게나 차고 넘치는 이야기가 전해 내려오고 있었다니 새삼스럽다.

풍성한 정월의 보름달을 위한 제의는 그 누구에게도 의 무적으로 학습된 바 없고, 마땅히 행해야만 하는 것 또한 아 니다. 단지 순환하는 시절에 맞춰 자연스레 이어진 일상의 작은 이벤트일 뿐. 참말로 눈썹이 하얗게 세어 버릴까 봐 자 정이 넘도록 잠들지 못했던 어린 시절을 추억하며, 성큼 다 가오지 못하고 서성이는 봄에 한 발짝 먼저 다가가는 마음으 로 정월 대보름 밥상을 차려본다. 할머니와 어머니의 손맛이 여전히 그립지만, 분가한 뒤 비로소 일상의 전통이 각인된 어느 이른 봄날이었다.

경 칩

驚

蟄

초목의 싹이 돋고, 동면하던 동물이
땅속에서 깨어 꿈틀거리기 시작하는 시기.

∧ ∧
∧ ∧
∧ ∧
∧ ∧
∧ ∧

도심 한옥의 봄맞이

개구리가 잠에서 깨어날 즈음, 나는 바지런을 떨며 집안
의 묵은 먼지와 때를 벗겨내곤 한다. 성주신에 대한 예를 표
방하나 그저 잘 먹고 잘 살게 해달라는 막연하고도 무책임한
기복起福일 것이다. 겨우내 얼어 있던 한옥의 흙벽이 서서히
흘러내리기 시작하면 그 간극을 메꾸는 것도 이맘때 할 일이
다. 꽃샘추위가 찾아올지언정, 매서운 추위와 작별을 고하는
나름의 의식이다. 천장과 벽 사이 희미하게 늘어진 묵은 거
미줄을 떼어내고, 레몬 오일을 듬뿍 묻힌 마른 수건으로 서
까래와 대들보, 기둥을 어루만진다. 80년이 넘은 묵직한 통
나무는 기름을 머금을수록 되살아난다. 새콤한 레몬향을 비
집고 이 땅 위에 오래도록 시커먼 뿌리를 내린 소나무의 짙
은 향기가 집안을 감돈다.

　　안채 정리가 끝날 무렵 자연스레 발길이 옮겨간 곳은 부엌. 한 칸 남짓한 작은 공간이지만 이곳은 조왕신이 관장하는, 엄연히 다른 성역이다. 동절기의 건조하고 차가운 공기 덕분에 두고두고 먹거리가 되어준 감자와 양파, 마늘은 봄이 온 것을 일찌감치 알아채고 연녹색 싹이 돋아났다. 냉장고의 식재료는 염장식을 제외하고 어디에 무엇이 보관되어 있는지 살뜰히 살핀다. 불현듯 냉동고에 얼린 타르트지가 말을 걸어온다. 나름의 영생을 얻은 식재료가 일상에 난입해 마치 오브제와 같이 일상을 환기시킨다. 때마침 냉장고 코너에 적당히 쌓인 계란과 치즈가 눈에 띄고, 자연스레 계란과 치즈가 뒤섞인 달콤한 타르트로 거듭난다. 언제고 지속될 일상의 식탁을 위해 타르트를 구워 조왕신에게 안녕을 고하던 초봄, 흘러가는 계절 속에 깃든 이런 사소한 일상의 연결고리가 좋다.

고소한 향기를 풍기며 타르트가 식어갈 동안 옅은 봄볕이 내려앉은 옥상 정원에 오른다. 얼고 녹기를 반복한 화분 흙을 어루만지며 비료와 낙엽을 섞어 파종 전 흙 상태를 고르게 하는 것 역시 이 시기에 이루어지는 일, 아니 마땅히 해야 하는 일이다. 보리 싹으로 한 해 농사를 점치던 경칩의 전통 풍습 대신 뿌리로 겨울을 나고 귀여운 새싹을 내민 다년생 허브로 옥상 정원의 풍요를 기원해본다. 블루베리 나무는 마른 가지를 뚫고 봄볕을 맞아 새순을 터뜨렸다. 옅은 초록빛의 보드라운 감촉이 손대지 않아도 느껴진다. 새순을 둘러싼 겉잎은 이미 따사로운 태양빛에 붉게 물들었다. 머지않아 꽃을 틔우고 절정으로 치달을 봄을 지나 싱그러운 신록으로 화할 것이다.

세찬 봄비가 내리기 전에 배수로 난간 청소도 서둘러야 한다. 지붕 한 바퀴를 돌며 모은 지난겨울의 낙엽과 마른 나

뭇가지로 화로에 불을 지핀다. 작년 가을에 만개하여 겨울
동안 바싹 마른 허브의 잔해는 순식간에 타올랐다. 불꽃에서
바질 특유의 독특한 향이 피어오르더니 서서히 집안으로 퍼
져나간다. 서산 너머 말그스름한 봄의 태양은 석양빛으로 물
들었고, 대문 밖 좁다란 골목은 여전히 흘러가는 중이다.

부쩍 따사로워진 햇살에 봄이 성큼 다가왔나 설레발치다
가도 엄연히 서린 겨울의 희미한 끝자락을 잘 보내야겠다는
마음이 깃드는 춘삼월. 때에 맞춰 해야 할 일을 하는 것, 이것
이 발복發福의 비밀이 아닐까. 해 질 녘 옥상에서 내려와 알맞
게 식은 타르트를 한 입 베어 문다.

춘 분

春

分

낮이 길어져 밤과 낮의 길이가 거의 비슷해지는 시기.

－○－
－○－
－○－
－○－
－○－
－○－

봄 의 식 탁

춘래불사춘春來不似春이라고 했던가. 봄이 왔는데 봄 같지 않은 나날의 연속이다. 4월을 코앞에 두고 함박눈과 우박이 쏟아지는 통에 봄이 온다고 한없이 풀어지던 마음은 일단 접어 두기로 했다. 인내심을 갖고 조금만 더 기다려보기로 마음을 다잡는 사이, 시장에는 봄을 알리는 제철 식재료가 한아름 나왔다. 차가운 바람 탓에, 흐린 날씨 때문에, 여전히 외투를 챙기지 않으면 마음 놓고 활보할 수 없는 일교차에 봄이 오긴 오는 건가 조바심이 들었지만 이 땅에서 동토를 뚫고 솟아난 봄의 정령들은 늘 그래 왔듯 너무나도 충직하게 계절을 맞이하고 있던 것이다.

만물의 소생을 알리는 봄나물은 그 자체만으로도 반가운 손님이다. 마침 어머니가 신문지에 고이 싸서 보내준 들판의 봄 한 보따리가 문을 두드렸다. 흙냄새 가득한 봄나물을 보니 문득 할머니 뒤꽁무니를 따라 지천에 널린 쑥을 캐러 들판을 헤매던 어린 시절이 떠오른다. 경상도 땅은 어딜 가나 나지막한 산에 둘러싸여 있다. 때로는 백두대간의 경계에 가로막힌 아득함이 느껴지기도 하는 곳. 아버지의 어머니, 할머니의 어머니, 그 어머니의 어머니는 그 땅에서 마치 대지의 정령이 방생해 놓은 듯한 봄나물을 공으로 뜯어 밥상에 올렸다. 그네들은 닳아빠진 과도 하나와 빈 보따리만 있으면 충분했다. 그렇게 직접 캔 봄나물로 차린 밥상은 봄맞이에 들뜬 특별한 찬도 아니고, 제철 식재료를 탐하는 미식도 아니었다. 그저 봄이 오고 나물이 돋았기에 그것을 담아 밥상을 차리던 일상 속 풍경일 뿐이다. 나는 이 도시에서 때를 잊지 않고 찾아온 봄의 선물을 당연한 듯 받아 들고 어렴풋한 기억을 떠올리며 진달래 화전을 빚고 쑥전을 부친다. 곁들인 맑은 술 한 잔은 봄의 정취를 증폭한다.

자, 다시 춘래불사춘이라. 봄이 왔지만 봄 같지 않은 건 단지 나의 시선일까, 아니면 예측할 수 없는 기상 변화에 따른 객관적 사실일까. 그것도 아니면, 봄은 언제나 아름답고 따듯해야만 한다는 관념이 머릿속에 틀어박혀 있던 탓일까.

아니, 이도 저도 상관없이 그저 충직하게 일상을 꾸려나가
는 게 좋겠다는 생각이 머릿속을 스친다. 다시 돌아온 계절
에, 때를 잊지 않고 이 땅 위에 정직하게 돋아난 봄의 정령
들처럼.

✳ ✳ ✳ ✳ ✳ ✳ ✳ ✳ ✳ ✳ ✳ ✳ ✳ ✳ ✳ ✳ ✳ ✳ ✳ ✳
✳ ✳ ✳ ✳ ✳ ✳ ✳ ✳ ✳ ✳ ✳ ✳ ✳ ✳ ✳ ✳ ✳ ✳ ✳ ✳
✳ ✳ ✳ ✳ ✳ ✳ ✳ ✳ ✳ ✳ ✳ ✳ ✳ ✳ ✳ ✳ ✳ ✳ ✳ ✳
✳ ✳ ✳ ✳ ✳ ✳ ✳ ✳ ✳ ✳ ✳ ✳ ✳ ✳ ✳ ✳ ✳ ✳ ✳ ✳
✳ ✳ ✳ ✳ ✳ ✳ ✳ ✳ ✳ ✳ ✳ ✳ ✳ ✳ ✳ ✳ ✳ ✳ ✳ ✳
✳ ✳ ✳ ✳ ✳ ✳ ✳ ✳ ✳ ✳ ✳ ✳ ✳ ✳ ✳ ✳ ✳ ✳ ✳ ✳
✳ ✳ ✳ ✳ ✳ ✳ ✳ ✳ ✳ ✳ ✳ ✳ ✳ ✳ ✳ ✳ ✳ ✳ ✳ ✳

청 명

清

明

하늘이 차츰 맑아진다는 뜻으로, 완연한 봄날이 이어진다.

✳ ✳
✳ ✳
✳ ✳
✳ ✳
✳ ✳

옥상 정원의 봄

봄날의 연속이다. 바야흐로 꾀꼬리가 울고 무지개가 핀 다는 청명의 시기. 서편으로 밝아오는 여명에 눈을 비비고 가장 먼저 대기 상태를 확인한다. 청명이라는 이름이 무색하 게 맑고도 밝은 날은 손에 꼽을 정도다. 꽃가루와 먼지가 뒤 섞인 채 정체된 뿌연 대기질이 옅은 봄날의 익숙한 분위기를 만든다.

그럼에도 불구하고 봄 햇살을 머금은 옥상 위 나의 작은 정원에는 따스함이 내려앉았다. 한옥 처마 끝을 따라 실내 공간으로 스미는 빛은 계절마다 가변적이지만, 사방이 트인 옥상 정원의 풍경은 봄의 열기를 머금고 청명을 기점으로 하 루가 다르게 뻗어 나간다. 그야말로 내리쬐는 봄볕의 수혜를 가장 많이 받는 공간이다.

　어느새 이름 모를 잡초가 흐드러지더니 환상적인 아름다움을 뽐내며, 눈에 잘 보이지도 않는 작은 날벌레가 수만 번의 날갯짓으로 빛나는 대기 속을 유영한다. 겨울을 난 블루베리 나무는 싱그러운 연둣빛을 머금었고 경칩에 고르게 어루만진 화분 속 흙도 제법 자리를 잡았다.

작년 이맘때 심고 남겨둔 씨앗 주머니를 꼬박 일년 만에 꺼낸다. 요리에 활용할 수 있는 허브가 대부분인데, 씨앗마다 고유의 향이 풍겨 온다. 고르게 다져 놓은 흙 위로 바질, 루콜라, 고수, 차이브, 파슬리, 딜 등 한해살이 허브의 씨앗을 심는다. 뿌리로 겨울을 난 로즈메리, 라벤더, 세이지, 타임은 새순이 제법 돋았다. 겨우내 생장을 멈추고 늘 같은 수형을 유

지했던 다년생 허브의 괄목할 변화에 생의 기쁨이 새삼스레 밀려온다.

그리고 화분 하나는 아무것도 심지 않은 채 내버려 둔다. 작년부터 시작한 나름의 이벤트로, 지난해 빈 화분에 고개를 내민 정체불명의 새싹을 무심코 내버려둔 결과 생각지 못한 캐모마일과 민트가 풍성하게 자라났기 때문이다! 흙과 태양빛, 흘러드는 바람과 약간의 정성, 아니 무심함이 빚어낸 우연의 아름다움이었다고나 할까. 올해도 아무렇게나 흩어지며 저절로 얽어진 씨앗들이 봄을 맞아 빈 화분을 뚫고 기꺼이 다시 태어날 것이다. 제 시기를 맞아 자연스럽게 생을 지속하는 자연의 순환고리에 아직은 감히 표현하기 어려운 단상이 스친다.

봄볕을 좇아 옥상에 함께 오른 고양이들이 옅게 드리운 나무 그늘 아래 졸고 있다. 참, 고양이를 위한 캣닢(개박하) 파종도 잊지 않는다. 캣닢은 새순이 돋아나기 무섭게 지붕 위 고양이들의 표적이 되겠지만, 그들에게 소소한 기쁨을 주었다는 것으로 작은 위안을 삼는다. 동편 담장 너머 철조망을 타고 굵은 줄기를 휘감은 능소화 덩굴의 새순도 제법 푸르다. 형광으로 빛나는 주황색 능소화 꽃이 그 화려한 봉오리를 터뜨릴 무렵이면, 이날의 유희도 나름의 결실을 맺을 것이다.

곡 우

穀

雨

봄의 마지막 절기로, 봄비가 곡식을 윤택하게 한다는 의미를 가진다.

떠나는 봄을 병 속에 담아

계절의 끝자락, 봄의 마지막 절기, 새로운 계절의 문턱. 아직 가시지 않은 봄날의 기억을 파노라마 펼치듯 괜스레 들춰본다. 마음껏 즐기지 못한 봄날이 아쉽기만 하다. 진달래 만개한 능선 따라 즐기는 트레킹이라던가, 꽃그늘 아래 펼쳐진 피크닉 같은 것들. 작년 봄에도 꼭 같은 아쉬움에 사로잡혔던 기억이 난다. 아마 재작년 봄도 그랬을 것이다. 돌아올 봄을 기약하며 계절을 흘려보내는 일상의 타성, 아쉬운 감정이 깃든 채 훗날을 기약하는 불완전함이 좋다.

그럼에도 불구하고 매년 봄의 끝자락에는 지나가는 계절을 붙잡기 위해 나만의 작은 의식을 치르곤 한다. 제철을 놓치면 꼬박 한 해를 기다려야 다시 만날 수 있는 어여쁜 딸기로 이것저것 만들어 보는 것이다. 초봄의 딸기가 생명력 넘

치는 상큼함 그 자체였다면 늦봄의 딸기는 검붉게 농익어 달
고 깊다. 가판대에 쌓이는 딸기의 양도 눈에 띄게 줄었다. 그
대로 장바구니에 넣지 않으면 흘러가는 봄과 함께 사라져
버릴 것만 같다. 병 속에 담긴 딸기잼은 계절이 바뀌어도 봄
을 기억나게 하고, 검게 농익은 딸기를 듬뿍 얹은 타르트는
여름 속으로 흩어져버리면 그만일, 봄을 위한 오마주를 그
려낸다.

여름을 방불케 하는 한낮의 온도에 버터와 크림 그리고 타르트 반죽은 상온에서 부드럽게 풀어진다. 인공적인 온도와 습도를 빌리지 않고 자연스럽게 타르트와 쿠키, 케이크 굽기에 완벽한 날들이 이어진다. 춥지도 덥지도 않으며 건조하거나 습하지도 않은 그런 날들.

어쨌거나 봄은 사라져가고, 어디선가 불어오는 미풍엔 라일락 향기가 가득 실렸다. 투명한 바람은 맨살을 자극하고 고양이들은 어느덧 털갈이를 마치고 보송보송한 털끝으로 때 이른 여름을 맞이하는 듯하다. 햇볕을 유난히 좋아하는 미셸은 이제 처마 끝을 따라 순회하는 볕을 총총 따라다니지 않아도 태양의 기운을 충분히 맞이할 수 있게 되었다. 한옥 안채로 볕드는 시간이 길어졌기 때문이다.

본격적으로 도래할 여름을 맞이하기 앞서 스치듯 지나간 봄을 계절의 끝자락으로 흘려보낸다. 여전했던 봄날, 다가올 여름을 기다리며.

오래된
집을
고치다

골목길 가장 안쪽, 마치 도시의 요새처럼 고요하고 아늑
한 우리 집은 서울 도심에서 보기 드물게 시간이 천천히 흐
르는, 혹은 멈춘 듯한 동네에 자리하고 있다. 1930년대부터
해방 후 1960년대까지 활발히 조성된 도심형 개량 한옥 주거
단지. 한때 아파트만큼이나 흔했던 개량 한옥이 서서히 신식
건물로 대체됨에 따라 지금은 서울시의 관할 아래 개발이 제
한되어 있는 곳이다. 어떤 지구는 시와 건물주의 이익이 상
충되어 방치된 채 폐허의 아우라를 풍기고, 어떤 구역은 변
함없이 삶이 지속되고 있다. 나는 그 틈에서 잔잔한 일상을
꾸려가는 중이다.

　우리가 살고 있는 20평 남짓한 이 소형 한옥이야말로 역
사를 간직한 오래된 집 중 하나다. 이 집과 처음 마주했을 땐
허름한 외관과 구식 기반 시설, 좁은 골목을 통해 무거운 짐
을 손수 옮겨야만 하는 불편함, 인터폰은 고사하고 초인종도

없이 대문을 두드려야 하는 수고로움, 그리고 집안에서 풍기는 특유의 오래된 냄새로 인해 인생의 경험치가 날로 쌓여가는 듯했다.

게다가 개량 한옥이 갖고 있는 딜레마라고 할까. 아파트가 최고의 주거 형태로 각광받던 시절, 천편일률적으로 디자인된 실내공간이 사람들의 뇌리에 각인되어 있었던 건지, 이 집 또한 한옥의 요소가 드러나지 않게 천장에는 합판을 대고 벽면은 도배지를 입혀 놓았다. 한옥인 듯 한옥 아닌 한옥 같은 애매한 모양새에 '뭔가 있을 것 같다'는 막연함만 가지고 보낸 얼마간. 어느덧 호기심은 절정에 달했고, 우리는 합판 뒤로 감춰진 한옥의 속살을 하나둘씩 들춰내 보기로 했다.

처음 실험대에 오른 공간은 부엌이었다. 처음엔 대들보에 힘겹게 붙어있던 상부장을 떼어냈고, 그다음엔 부엌을 구획하고 있는 가벽을 분리했다. 집을 감싸고 있던 겉치레를 벗겨내면 벗겨낼수록 오랜 시간 세월의 흔적을 머금고 아름답게 빛바랜 묵직한 목재 구조물이 본모습을 드러냈다.

낡은 싱크대를 철거하자 본모습을 간직한 파편들이 눈에 들어왔다. 금이 간 낡은 타일, 프레스코화처럼 벽에 남은 페인트 자국, 수십 겹 도배지에 둘러싸여 형체를 가늠할 수 없던 시렁 따위를 발견할 때마다 한때 이곳에 머무르며 가족을 위해 밥을 지었을, 또 다른 도시 생활자의 일상이 파노라마

• 천장을 합판과 벽지로 막아 두어 일반 주택과
  다를 바 없었던 안채.

처럼 밀려왔다.

　한 달 동안 이어진 공사 끝에 손수 짜 맞춘 조리대와 작은 인덕션, 아담한 싱크볼과 빈티지한 수전으로 오직 이 공간을 위한 부엌이 탄생했다. 한옥의 개방감을 위해 수납장을 최소화했고 더불어 살림 또한 모자라지도, 넘치지도 않게 적정선을 유지하는 중이다. 아무리 벗겨내도 떨어지지 않는 싱크대와 벽 사이 페인트 자국은 내버려 두기로 했다. 그 흔적은 마치 하나의 예술 작품처럼 중첩된 모습 그대로, 오래된 나무의 나이테마냥 여전히 그곳에 있다. 본모습을 감추고 있던 묵직한 시렁은 오브제로 거듭났다. 정성 들여 기름칠을 하고 볕에 말리는 과정을 반복한 뒤, 철제 가구 다리를 부착해 소파 테이블 또는 벤치 용도로 활용하고 있다.

　그렇게 구색을 갖춘 작은 부엌은 또 다른 세계를 열어 주었다. 옥상에서 갓 수확한 신선한 잎채소와 향긋한 허브로 계절과 호흡하는 제철 음식을 만들어 먹는 것이 자연스러운 일상이 되었고, 깊은 밤 따뜻한 캐모마일차를 곁에 두고 텅 빈 식탁에 앉아 책을 읽거나 멍하니 사색에 잠기는 시간도 늘었다. 한 땀 한 땀 가꾼 나만의 작은 부엌에서, 이곳에서 이루어지는 생활 방식 또한 공간의 양상을 닮아가고 있다.

　그렇게 일상을 확장해 나간 지 한 해가 흘렀을까. 문득 안채의 천장이 말을 걸어왔다. 서까래가 부식돼 그 틈 사이로

63

기왓장과 흙 따위가 쏟아져 내린 것이다. 다행인지 불행인지 수십 년간 켜켜이 덧대고 쌓은 합판과 벽지가 아직까지는 흘러내린 흙의 무게를 버텨주고 있었다. 하루가 다르게 쏟아져 내리는 흙더미는 불룩하게 쌓여만 갔고 내 인내심도 한계에 다다랐다. 다시 한번 선택의 기로에 섰다. 우리는 우리의 작은 세계를 조금 더 넓혀 보기로 했다.

대충 짐을 치우고 모서리 가장자리를 뜯으며 천장을 가리고 있던 합판을 기울이자 먼지와 돌덩이가 이미 부러져 버린 서까래와 함께 순식간에 떠밀려 내려왔다. 지붕 아래 수십 년간 바짝 마른 상태로 쌓여 있던 먼지는 속수무책으로 공간을 뒤덮어 버렸다. 폐자재가 굉음을 내며 바닥을 향해 쏟아지는 동안 이 모든 상황이 슬로우 모션으로 펼쳐지는 중이었다. 10초 정도 흐르고 난 뒤에야 비로소 이곳을 빠져나가야겠다는 생각이 들었다. 마당으로 뛰쳐나와 안채로 연결된 문을 모조리 닫고, 둘이 한참을 아무 말 없이 서 있기만 했다. 방 안에서는 무언가가 떨어지는 소리가 계속해서 들려오고 있었다. 돌조각 같은 것이 둔탁한 소리를 내며 흙더미 사이로 박히는 소리가 간헐적으로 울렸다. 뿌옇게 집안을 가득 메운 먼지가 가라앉길 기다리려면 반나절은 꼬박 있어야 할 것 같았다. 그럼에도 불구하고 위엄 있는 자태로 드러난 오량의 구조는 그 자체만으로도 황홀했다.

　　오전부터 계속된 굉음은 마대자루 다섯 포대, 어림잡아
100킬로그램 이상의 흙과 돌덩이를 쏟아내고서야 잦아들었
다. 텅 빈 천장을 뜯어내자 오랜 세월 감춰져 있던 대들보와
기둥, 서까래가 드러났다. 밀폐되어 있던 천장은 비록 상처와

먼지 투성이었지만 위풍당당하게 원형을 그대로 간직하고 있었다. 있는 그대로 드러낼수록 아름다운 한옥의 매력을 만끽하며, 그렇게 우리는 오래된 집에서 또 다른 세계를 만들어가는 중이었다.

그 후로도 을지로를 오가며 부자재를 실어다 나르길 수차례. 빛바랜 서까래의 먼지를 털어내고 나무 사이로 손수 기름칠을 하고, 새하얀 회벽을 덧바르며 여전히 이곳에서 삶은 지속되고 있다. 여태껏 제반 시설이 모두 갖추어진 환경에 살며 집을 휴식과 수면의 장소 정도로 여겨왔던 우리는 손수 집을 고치고 가꾸어 나가며 비로소 어렴풋이나마 그 의미를 사유할 수 있게 되었다. 일과 일상의 소소한 기쁨이 공존하는 지속가능한 삶을 이어가게 된 것 또한 이 공간에서 너무나도 자연스럽게 이루어졌다.

여름

입하
소만
망종
하지
소서
대서

입 하

立

夏

여름의 시작.
봄에 심어둔 식물이 자라기 시작하여 몹시 바빠지는 때이다.

여름의 라이프 스타일

미풍을 타고 흩날리는 진한 라일락 향기는 봄의 종말을 암시한다. 처마 끝으로 떨어지는 빛의 각도는 더욱 날카로워졌고, 기상 시간 또한 조금 당겨진 감이 있다. 미셸은 확연히 달라진 사물의 온도를 가장 먼저 알아채고, 평소 낮잠을 청하던 창가 옆 소파에서 비교적 볕이 닿지 않는 깊숙한 안채로 자리를 옮겼다.

터줏대감 미셸의 감각을 좇아 여름이 성큼 다가왔음을 감지하고 가장 먼저 러그를 걷어냈다. 그리고 꼬박 일 년 만에 대자리를 펼친다. 아직은 이른 감이 들지만, 절기에 따라 변화하는 생활 방식은 일상을 환기시킨다. 때 이른 한낮 더위에 달아오른 체온을 식히기 위해 대자리 위에서 생활하는 시간이 늘어나면 자연스럽게 좌식 생활로 옮아간다. 소반

과 방석, 대자리, 발과 같은 공예품이 일상을 점거하기 시작
하고, 한옥의 대들보, 마룻보, 판대공, 서까래 등의 아름다운
목재 구조물이 새삼스레 눈에 들어온다. 쓸모 있는 아름다움
이 펼쳐진 한옥의 여름 풍경이다. 흐르는 계절 따라 생활 방
식이 조금 달라진 것뿐인데, 눈높이에 따른 시야의 상대성을
마주하고 일상 철학을 곱씹어 보기도 한다.

　하루가 다르게 성큼 자라나는 옥상 정원의 잎채소는 이
맘때가 가장 사랑스럽다. 맨 먼저 수확의 기쁨을 안겨주는
루콜라는 여름의 문턱에서 입맛을 돋우는 훌륭한 식재료로
거듭난다. 여름이 한창일 때는 매운맛이 강하고, 가을 무렵에
는 쓴 맛이 우러나지만 이 시기의 풋풋한 루콜라는 달콤 쌉

싸래한 맛이 완벽한 조화를 이룬다. 마치 지금 호흡하고 있는 이 절기와도 같이.

생으로 충만한 초여름에는 모든 것이 꿈틀댄다. 옥상에 오르는 빈도가 부쩍 늘어나면서 도시의 또 다른 생태계와 마주한다. 한두 마리씩 눈에 띄던 개미는 블루베리 뿌리 속으로 거대한 제국을 일궜다. 각양각색의 날벌레는 꽃대를 추켜올린 캐모마일과 블루베리 줄기 사이로 빼곡히 알을 낳고, 껄끄러운 잎채소에서 부화한 호랑나비 애벌레가 왕성한 식욕으로 잎을 먹어 치운다. 개미 군단은 진딧물을 주식으로 삼고, 달콤한 꿀을 찾아 날아온 벌은 애벌레를 사냥한다. 캣닢에는 고양이 이빨 자국이 남아 있다. 우연히 만난 지붕 위의 고양이와 인연을 맺는 일도 이 시기에 일어난다. 나는 그저 그들이 조금은 안도할 수 있도록 미셸의 주식과 깨끗한 물을 나누어 주는 것으로 과업을 하나 더 보탤 뿐이다. 옥상 정원의 주인은 더 이상 내가 아니다.

그토록 진하게 풍겨 오던 라일락 향기는 어느덧 꿀 내 진동하는 아카시아에게 그 자리를 내어 주었다. 도처에 만발한 아카시아 군락은 초여름 청량한 바람에 온몸을 맡기고 춤을 춘다. 이따금씩 내리는 촉촉한 이슬비 사이로 성큼 다가온 여름의 향기. 하루가 다르게 세력을 확장해가는 녹음과 이 세상의 모든 것들은 여름의 기억들을 들추어낸다. 지난여름, 더 지난여름, 오래전 여름, 그리고 다가올 여름.

소 만

小

滿

만물이 점차 생장하여 가득 찬다는 뜻으로,
본격적인 여름에 접어드는 시기다. 초록이 넘실대기 시작한다.

여름의 문턱에서

몹시도 바람이 부는 날이었다. 태양은 뜨거웠고 불어오는 미풍엔 장미향이 나부꼈다. 이른 아침, 샌드위치에 넣을 오이를 사기 위해 식료품점으로 향하는 동안 나는 온 세계가 초록빛으로 물들어 있는 것을 봤다. 상점의 가판대도 예외 없이 풋풋한 오이, 청매실, 완두콩, 애호박 등 온갖 푸른 햇것들로 빛났다. 모든 것이 차오르는 소만의 한가운데를 흘려보내는 중이었다.

초록 매실이 시장에 나오기 시작했다는 건 작년에 만들어둔 매실청이 충분히 숙성되었다는 시그널과도 같다. 푸릇하고 풋풋한 햇매실과 묵은 매실청 사이에서 뒤틀린 기시감이 밀려오는 여름의 문턱. 결국 그냥 지나치지 못하고 사려던 오이 대신 청매실 한 박스를 집으로 옮겨왔다. 열기도 식

힐 겸 충분히 숙성된 매실청을 얼음물에 섞어 지난여름을 맛
본다. 오늘 데려온 햇매실도 설탕과 소금, 술을 만나 각각 매
실청과 매실 장아찌, 매실주로 거듭날 것이다.

　우연히 마주한 매실 한 박스 탓에 아침부터 분주히 움직
였건만 이제 고작 정오를 막 넘긴 시간이다. 이른 오후의 낮
잠을 즐긴다 해도 죄책감이 들지 않는다. '낮에 꿈꾸는 사람
은 밤에만 꿈꾸는 사람은 찾을 수 없는 많은 것들을 안다'는
문장을 남긴 《검은 고양이》의 작가, 에드거 앨런 포의 선견지
명에 경의를 표하며 잠깐 눈을 붙여본다.

초여름 미풍엔 적당히 서늘한 공기 덩어리가 섞여 있다.
태양빛이 서서히 안채 깊숙한 곳을 파고드는 고즈넉한 시간
대엔 고양이도 단잠 꿈속에서 빠져나오고, 한낮 여과 없이
내리쬐던 뙤약볕은 서산을 향해 적당히 뉘엿거린다. 복사열
과 고기압, 저기압의 삼박자로 대류의 왈츠가 대지를 휩쓸고
간 뒤, 내 작은 옥상 정원은 으레 녹초가 되곤 한다. 마당으로
난 호스를 끌어다 샤워를 즐길 시간이다.
　절로 핀 캐모마일과 흐드러진 세이지가 이웃집 지붕을
경계로 나부낀다. 루콜라는 흡사 바람개비 모양의 꽃을 치켜

세우고 날벌레들의 비호 속에 어느덧 토실토실한 씨방을 맺어가고 있다. 봄과 여름의 경계에서 여왕의 자태로 도처에 나부끼던 오월의 장미는 자연스럽게 스포트라이트를 청초한 유월의 세계로 넘겨주고, 완벽에 가까운 채도로 환상적인 초록을 머금은 완두콩이 영글어간다. 설익은 블루베리 열매의 푸른 무향을 음미하며, 고수와 딜, 로즈메리, 라벤더, 레몬 버베나, 세이지 등의 허브 잎사귀를 문질러 초록의 향을 증폭시킨다.

만개한 캐모마일은 절정이다. 낮 동안엔 태양빛을 따라 어여쁜 얼굴을 올곧게 치켜들고, 어둑한 밤이 내리면 발사 직전의 로켓처럼 하얗고 여린 꽃잎을 노란 꽃술 뒤로 젖힌다. 소만의 캐모마일은 훌륭한 차 재료이기도 하다. 여름의 태양 아래 바싹 마른 캐모마일 꽃은 따뜻한 찻잔에서 진한 꿀 향기와 달콤한 풋내를 풍기며 나른한 꿈의 세계로 안내한다. 캐모마일 꽃봉오리를 따느라 옥상에 꽤 오래 머물렀다. 한껏 수치가 높아진 자외선이 맨살에 와 닿는다. 곧 여름의 흔적이 무방비 상태로 태양빛에 노출된 피부 위로 새겨질 것이다.

석양을 흘려보내고 어스름한 한기를 머금은 밤 그리고 이슬이 맺히는 새벽녘을 지나 내일의 태양을 맞이할 즈음이면 옥상 정원의 식물들은 나도 모르는 사이 한 뼘 정도 더 자

라 있을 것이다. 수줍게 입을 다문 꽃망울이 서너 개쯤 터져 버리거나 깊은 밤 인적이 드문 도심을 배회하다 허기진 고양이가 지붕 곁을 서성일 수도 있다. 어쩌면 하룻밤 사이, 막 꽃대를 머금기 시작한 허브가 한순간 기하급수적으로 만개해 버릴지도 모르겠다는 상상을 품은 채 하루를 마무리한다. 캐모마일 잔향이 깊은 꿈으로 데려가 줄 것만 같은, 세상은 청매실처럼 청량한, 나의 가장 아름다운 계절, 소만, 여름의 문턱에서.

망 종

芒

種

씨를 뿌리기 좋은 시기라는 뜻으로,
농촌에서는 가장 바쁜 시기다.

가장 아름다운 여름

소만과 하지 사이 망종이 도래하면, 시골에서는 농사일을 정비하느라 정신없이 바쁜 날들이 이어진다. 보리의 망芒이 아니라 바쁠 망忙으로 표기해도 어색하지 않을 정도. 하지만 농사를 짓지 않으면 보리도, 바쁨도 먼 일이다. 그저 황홀하게 아름다운 시기일 뿐. 하긴 '망'자는 황홀하다는 뜻도 함께 가지고 있으므로 그것도 말이되긴 하겠다.

이맘때면 포도밭을 가꾸는 부모님의 일손을 돕기 위해 시골집을 찾는다. 오후 즈음 텅 빈 집안에는 가재도구만이 어수선하게 널브러져 있다. 여름철 농사는 무자비한 뙤약볕을 피해 해가 뜨기 전 새벽부터 시작되기 때문이다. 해 질 녘 어스름이 내리고서야 흙을 털고 집으로 돌아온 아버지와 어머니의 얼굴에는 태양의 흔적이 켜켜이 쌓여 있었다.

다음날 찾은 포도밭은 막 수정을 이루고 영글어가는 풋
내 나는 귀여운 포도송이로 가득했다. 모양을 예쁘게 잡아주
기 위해 씨도 추려야 하고, 꽃가루도 떨궈야 한다. 뒤돌아보
기 무섭게 자라나는 곁순과 덩굴줄기는 포도밭을 삼켜버리
기 직전이다. 이 시기의 태양과 바람이 빚어내는 적당한 온
도와 습도는 농부에게 쉴 틈을 주지 않는다. 어린아이의 서
투른 손길, 고양이의 네 발조차 아쉬울 노릇이다.

　　반복되는 노동에 잡생각 할 겨를도 없이 어느덧 포도밭
경계로 펼쳐진 논 사이 둑에 다다랐다. 개울 사이로 빛나는
연둣빛 개구리밥에 잠시 시선을 빼앗겼다가 고개를 들고 사
방을 찬찬히 둘러본다. 모내기로 정돈된 논이 푸르게 빛난다.
망종이란 껄끄러운 벼, 보리의 이삭 따위를 일컫는 말이다.
보리를 베고 물이 찰방하게 들어찬 논 사이로 모심기를 재촉
하는 시절. 갓 돋아나기 시작한 초록이 아름답기만 하다.

맑은 하늘을 보니 불현듯 강가에 펼쳐진 습지가 떠올랐다. 어렸을 적부터 낚시를 즐겼던 아버지를 따라 이 강이 토해 놓은 습지를 밟곤 했다. 포도밭에서 둑만 넘어가면 10분도 채 걸리지 않는 가까운 거리다. 습지로 향하는 길목에 늘어선 탐스러운 산딸기의 유혹을 물리치고 한 해 농사를 쉬기로 한 인근 대추밭을 지난다. 몹시도 부는 바람에 구름은 손에 잡힐 듯 흘러가고, 사람의 손길이 닿지 않은 채 자연의 숨결만으로 우거진 밭은 있는 그대로의 아름다움을 선사한다.

습지 초입에는 금계국 군락이 흐드러졌다. 봄날에 들판을 수놓았던 유채꽃을 밟고 유채꽃보다 더 샛노란 금계국이 천지에 퍼졌다. 방향을 상실한 채 휘날리는 바람에 황금빛으로 물든 들녘이 유연한 춤을 즐긴다. 습지에 진을 친 '바람보다 더 빨리 눕고' '바람보다 더 빨리 일어나는' 풀은 '동풍에 나부껴 울고' 있다. 아니 '바람보다 늦게 울어도 바람보다 먼저 웃고' 있다. 강가에서 맞닥뜨린 거센 바람에 살짝 다리가 풀리고 말았다. 그대로 주저앉아 바람이 잦아들기를 기다렸다. 이래도 좋고 저래도 좋다. 그 사이 해는 뉘엿해질 테고, 저무는 태양의 황금빛을 머금은 망종의 습지는 더욱 황홀하게 반사될 테니.

저편 세계로 진입해 가는 태양이 노을을 튕겨낸다. 새하얀 구름은 나른한 찬란함으로 물들어 간다. 저물녘 석양에 비친 덩굴이 이 세계를 먹어 삼키려는 듯 얽히고설켜 잡초와 돌 따위를 휘감고 있다. 시작과 끝의 경계조차 모호한 줄기. 어지럽게 엮인 줄을 따라가면 인과의 실마리를 찾을 수 있을까? 이름 모를 들풀은 벌써 씨방을 맺고 결실을 앞두고 있다. 망종의 귀중한 보리나 벼 종자는 아닐지라도 아무런 제약 없이 다시, 다시 또, 또다시, 해를 거듭하며 그 자리에서 생을 이어 갈 것이다. 언제고 그러하길 바란다. 이토록 아름다운 세계를 지속해 줄 귀중한 원천이므로.

해가 서산으로 자취를 감추기 전에 슬슬 포도밭으로 돌아가야만 한다. 곧 귓불을 때릴 아버지의 짜증 섞인 잔소리가 괜히 그립다.

하 지

夏

至

일 년 중 태양이 가장 높이 뜨고 낮의 길이가 가장 긴 시기.

여름의 식생활

좀처럼 저물 기미가 보이지 않는 태양이 지상에 14시간 이상 머무는 시기가 오면 비로소 여름을 피부로 만끽한다. 제철의 풍부한 먹거리와 불현듯 쏟아지는 소나기, 저녁이 되어도 저물지 않는 석양빛 등 굳이 달력을 뒤적이며 절기를 구분 짓지 않아도 도처에 널린 단서들은 낮이 밤보다 길어지는 이 계절을 어김없이 지목한다. 그렇게 하지에 들어서면 정말로 생동하는 봄과 풍요로운 여름의 기운을 머금고 알이 꽉 찬 감자가 땅 속의 안부를, 붉은 주황빛으로 물든 살구가 지상의 소식을 전해 왔다. 여름이 본격적인 궤도에 오른 것이다. 마당 한 구석엔 깊은 땅 속에서 캐낸 뽀얀 감자와 여름의 태양빛에 붉게 그을린 살구가 한 아름 쌓였다.

감자

감자는 어느 요리에 곁들여도 어울리는 중성적인 맛을 지녔다. 땅속에서 갓 캐어 올린 여름의 햇감자는 수분 함유량이 풍부해 응집력이 약하다. 뜨겁게 쪄낸 감자는 너무도 손쉽게 바스러져 버린다. 포슬포슬한 감자의 식감, 여름의 감촉일까.

어떤 아침은 기름진 마요네즈에 버무린 감자 샐러드를 빵에 곁들여 따뜻한 커피와 함께 먹고, 어떤 점심은 감자를 예쁘게 썰어 소금과 후추, 약간의 허브 향신료로 밑간을 한 뒤 오븐에 굽는다. 냄비에 양껏 삶은 감자가 차고 넘치면 여지없이 빵 반죽에 들어가곤 하는데, 반죽이 밤새 부푸는 다

음날은 기상 시간이 앞당겨진다. 새벽부터 분주히 움직여야 갓 구워 나온 포슬포슬한 감자 빵을 아침 식사로 즐길 수 있기 때문이다. 여기에 옥상 위로 하루가 다르게 뻗어가는 로즈메리 잔가지 또는 파슬리 조각을 뜯어 버터와 함께 향을 입히면 훌륭한 요리가 된다. 물론 막 쪄낸 뜨거운 감자를 호호 불어가며 설탕과 소금에 찍어 먹던 순수한 맛 또한 여전히 유효하다.

감자를 곁들인 식탁은 아늑하다. 반 고흐의 그림 〈감자 먹는 사람들〉이 각인되어 있던 탓일까. 고된 노동 끝에 하루를 갈무리하는 시점, 좁고 어두운 방, 희미한 천장 램프 불빛에 기대 온 가족이 식탁에 둘러앉아 감자를 나누어 먹는다.

일터에서 노동을 하는 동안 싸늘하게 식은 빈 집의 공기는 순식간에 훈훈해지고 허기진 배는 본능적으로 식탁 위에 놓인 감자로 향한다. 빵과 감자에 따듯한 수프와 차를 곁들인 식사로 서서히 달아오르는 체온, 비로소 밀려오는 고단함과 휴식에 대한 갈망, 별 일 없는 한 지속되는 충직한 일상.

간 밤 내리친 소나기로 하늘은 온통 잿빛이고 축축한 습기에 살며시 입맛이 돌던 여름날의 아침에 하지 감자를 꺼내 한 입 베어 물었다. 감자 먹는 사람들은 지금 이 도시에서도 여전히 유효하다. 그렇게 삶이 지속되고 있다.

살구

여름엔 의례히 시골행이다. 무더운 남쪽으로 귀향하는 건 늘 벅차지만, 하지의 끝자락에서 여름의 민낯을 만나기 위해 어김없이 위도를 거스른다. 가방엔 시인 김용택의《살구꽃이 피는 마을》이 들어있다. 알 수 없는 그리움으로 가득한 어린 시절의 추억을 담은 책. 달리는 고속 열차 창 측에 앉아 빠르게 지나치는 세계를 관망한다. 계절을 맞아 올곧게 돋아난 이 땅의 정직한 풍경이 시인의 아름다운 산문과 함께 흐른다.

여름을 랑데부하는 매개는 언제나 살구였다. 매실과 복숭아의 중간쯤 돼 보이는 어여쁜 과실은 누구네 집 뒷마당,

산기슭 어딘가에서 여름의 시작을 알려 왔다. 장마가 지기 전 서둘러 따야 너무 단단하지도, 무르지도 않은 상큼한 살구를 맛볼 수 있다. 아버지는 살구를 좋아하지도 않으면서 어린 시절의 추억을 잊지 못하고 지난봄 포도밭 구릉지에 살구나무를 심고야 말았다. 그 예전 할아버지가 산기슭에 그려 놓은 무릉도원이 그리웠던 것이다. 나는 그 추억을 따다가 한 아름 짊어지고 도시로 돌아온다.

살구는 후숙으로 맛이 드는 여느 과일과 다르게 보관이 쉬운 편은 아니다. 신선한 살구를 냉장고에 잘 둔다고 해도 나무에서 갓 따내 맛보는 향긋한 상큼함은 금세 사라지고 없다. 언젠가 냉장고에서 꺼내 먹은 살구는 내가 기억하는 맛이 아니었다. 그 뒤로는 살구를 냉장고에 넣지 않는다. 신선한 살구를 실컷 맛본 뒤 몽땅 병조림으로 저장하거나 잼으로 졸인다. 병조림을 위한 살구는 과질이 단단한 것이 좋고, 무

르기 시작한 나머지는 잼이 된다. 병 속에 차곡차곡 담긴 살구가 언제고 여름의 공감각을 자극할 것이다. 이 여름이 끝날 때까지, 아니 가을이 지나가고 겨울이 문을 두드릴 때까지 단 한 조각이라도 남아 있기를 바라며 뚜껑을 야무지게 닫아 본다.

어느덧 새하얀 뭉게구름 사이로 노을이 내리고, 살구가 널브러진 식탁은 해 질 녘 매직아워의 잔광을 찬란하게 받아 내고 있다. 나는 왠지 이 세계와 동떨어진 듯한 기분에 사로잡힌다. 아마도 그건 석양빛에 비친 살구의 빛깔이 비현실적으로 아름다웠거나, 살구의 맛이 아득했기 때문일 것이다.

소 서

小

暑

본격적인 여름이 찾아와 더워지는 시기로, 장마가 시작된다.

장마의 추억

본격적인 여름에 접어든 이맘때에는 때때로 북상하는 장마전선으로 인해 평균 습도가 70%를 웃돈다. 아이스티가 담긴 유리컵 표면에 금세 물방울이 맺히더니 식탁을 흥건히 적신다. 이래서 한여름의 티타임에는 물을 잘 흡수하고 또 금방 마르는 리넨 코스터가 필수 아이템이다.

거대한 수증기 구름에 가려 한여름의 태양빛이 차단되는 날이면 더위는 주춤하고 우중충한 날들이 이어진다. 평소보다 떨어진 기온에 약간의 한기를 느끼며 살며시 식욕이 솟구치기도 한다. 공기는 축축하며 하늘은 잿빛이다. 더불어 풍부한 광량 속에 다채롭게 빛나던 만물 또한 온통 잿빛으로 동화되는 듯하다. 어쩌다 밤새 폭우라도 내리면 옥상 배수로의 갈라진 틈을 타고 건넛방에 비가 새기도 하는데, 종이 박스에 담긴 책과 겨울옷 따위가 빗물에 젖는 일도 왕왕 있다. 젖은 세간이 널브러진 어수선한 여름의 한옥에서는 덕분에 봉인 해제된 추억들이 잠깐씩 일상을 환기시킨다. 축축해진 책을 한 장씩 훑어 보거나, 고온다습한 무더위 속에서 두꺼운 옷을 걸치며 괜스레 겨울을 그리워하는 나날. 흘러간 계절을 뒤로하고 건넛방으로 물러간 라디에이터가 한 번씩 안채로 나들이 나오는 것 또한 장마철 풍경이다. 한여름 무더위를 뜨거운 음식으로 이겨내듯, 한옥의 나무와 흙, 돌이 머금은 다습한 기운을 라디에이터의 열기로 누그러뜨려 본다.

장마철의 옥상 정원은 생육의 기쁨을 주체하지 못하고 마구잡이로 뻗어 나간다. 손쓸 겨를도 없이 이내 소나기가 쏟아붓는 것이 일상다반사지만, 이 시기를 지나칠 수 없어 날이 개면 서둘러 옥상 위로 오른다. 어느 날은 웬 아침부터 비가 쏟아지나 했더니 달력이 칠월 칠석을 가리킨다. 빗물의 정체가 견우와 직녀가 일 년에 한 번 만나 흘리는 기쁨의 눈물, '칠석우'였음을 깨닫고 불현듯 떠오르는 기억 하나.

어린 시절 여름 방학이 무르익어갈 무렵, 큰집의 어른들은 일을 하러 나가지 않고 하루 종일 집에 머무르곤 했다. 장마철에는 딱히 할 일이 없던 까닭이다. 곧 있으면 닥칠 추수를 앞두고 노동력을 비축하는 시기이기도 했다. 점심이 되면 큰어머니는 갓 수확한 밀을 곱게 빻아 반죽하고 칼국수 또는

수제비를 끓였다. 비릿한 멸치 육수, 간장 종지의 짠내, 신선한 햇밀의 고소한 차짐, 푹 익은 호박과 감자 고명…. 처마를 타고 후두두 떨어지는 시원한 빗물 소리는 그대로 백색소음이 되어 점심의 망중한을 수놓았다.

때마침, 식탁 위에 맛도 모양도 제각각인 호박 세 개가 눈에 띈다. 그러고 보니 호기심에 쟁여둔 신선한 토종 밀가루 또한 찬장에 고이 자리하고 있다. 오후부터 내리던 소나기는 소강상태다. 국수와 호박전이 완성될 무렵이면 장맛비가 다시 한옥 지붕을 두드려 주길 바란다. 퍽 유쾌하지만은 않은 기후 속에서 이 무더위가, 이토록 습한 공기가, 이 여름이 어서 지나가버리기를 바라면서도 계절 속에 깃든 추억은 일상과 중첩되어 깊어만 간다. 핸드폰을 만지작거리다가 '칠석'을 검색해보았다. 한 줄이 유난히 마음에 꽂힌다.

칠석에는 새로 수확한 햇밀로 밀전병, 호박전, 밀국수 등을 먹는다

대 서

大

暑

'큰 더위'라는 이름처럼 장마가 끝나고 더위가 가장 심해지는 때이다.
덥고, 덥고, 덥다.

한옥의 빛과 그림자

여름의 절기가 막바지에 다다를 무렵이면 그동안 익숙해진 감각이 시계를 대신한다. 옥상 서측에 가지런히 놓인 식물 중 가장 키가 큰 선인장이 새롭게 떠오른 태양과 만나며 하루의 시작을 알린다. 옅은 푸른빛이 감도는 조광은 건넛방을 타고 유유히 마당을 선회하고, 고양이들은 조각난 빛을 따라 몸을 옮기며 몸단장에 여념 없다. 햇살로 샤워를 즐기는 고양이들의 뽀송한 털 뭉치 틈에 여름의 향기가 스민다. 그 냄새가 그리워 일부러 빨랫감을 찾기도 한다. 젖은 직물 사이로 스며든 태양의 향기를 맡기 위해.

어느덧 안채에 도달한 빛. 사방으로 쏟아지는 빛의 양은 그 어느 때보다 차고 넘치나 여름 한옥의 실내는 오히려 겨울보다 어둡다. 태양의 높은 고도가 처마의 기울기에 상쇄되기 때문이다. 안채의 동측 창문에 비친 담벼락은 서서히 춤을 추기 시작한다. 정오를 암시하는 능소화 덩굴 그림자가 수직으로 떨어지며 바람에 나부끼는 형상이다. 하루가 분주한 태양은 금세 자리를 옮겼다. 부엌에 놓인 커피머신의 스테인리스 외곽으로 튕겨 나가는 날카로운 햇빛과 참나무 식탁 위로 스며드는 오후의 빛은 얼음을 띄운, 혹은 바닐라 아이스크림 한 조각을 곁들인 망중한의 커피 한 잔을 유혹한다.

절기상으로 여름의 끝자락이지만, 장마가 지고 연일 내리쬐는 뙤약볕에 한여름이 영원히 지속될 것 같은 착각에 사로잡힌다. 옥상의 지붕은 하루 종일 무방비 상태로 내리쬐는 태양광에 그야말로 자연의 오븐이 되어 버린다. 무엇이든 말리기 좋은 계절이다. 이 순간을 아무것도 하지 않은 채로 흘려보내는 게 못내 아쉬워 옥상에서 딴 블루베리와 토마토, 허브 이파리 등 생각이 미치는 모든 것을 말린다. 태양빛을 머금고 오그라든 과일과 허브는 올리브 오일에 재우거나 잘게 바스러뜨려 보관한다. 잘 말랐나 한 입 베어 문 선드라이드 토마토에서 농축된 토마토의 진한 향이 입안 가득 퍼진다. 태양의 맛일까?

　　이미 씨방을 가득 채운 캣닢은 고양이들의 놀잇거리가
되어 준다. 생기를 잃고 마른 잎사귀는 가루로 만들어 밀봉
하고, 통통한 씨방을 털어 작고 까만 씨앗을 유리병에 담아
돌아올 봄을 기약한다. 이른 한해살이를 마치고 서서히 갈변
하는 민트는 줄기째 잘라 벽면 한 구석에 거꾸로 매달았다.
　　조금만 몸을 움직여도 후끈 달아오르는 오후 무더위에
자연스럽게 청량한 먹거리를 찾게 된다. 냉장고는 이미 시절
을 다투며 결실을 맺은 여름의 과일들로 가득 차 있다. 붉은
과육으로 속이 꽉 찬 수박은 여름의 기억을 또다시 채워 나
가고, 태양처럼 붉게 그을린 자두와 복숭아는 차곡차곡 쌓인
여름의 기억을 소환한다. 냉동실은 여름 과일을 셔벗으로 얼
린 팝시클로 한가득이다.

옥상 정원의 실루엣이 서쪽으로 기운 태양빛에 반사되어 남측 벽면으로 부서지기 시작하면 때 이른 하루의 소회가 밀려온다. 하지를 기점으로 점점 짧아진 태양의 꼬리는 만발한 여름을 절정 속으로 파묻고 있다. 서랍장 깊숙한 곳에서 두꺼운 스웨터를 꺼낼 무렵이면 이 여름의 태양광이 그리워 질 것이다. '하늘 위의 눈동자'가 눈을 거의 감아갈 무렵 온몸으로 그 빛을 받아본다. 늦은 오후의 빛은 한낮의 빛처럼 강하고 직선적이지 않다. 저녁이 오기 전 세상을 따뜻하게 보듬어 주는 빛이다. 이 시간대에는 그저 모든 것이 충만하다.

And summer's lease hath all too short a date.
Sometime too hot the eye of heaven shines.

여름철은 너무 짧다.
하늘 위의 눈동자는 때로 너무 뜨겁게 빛나고.

- 셰익스피어 소네트 중에서

작은

혼례를

준비하다

결혼 이야기가 오가며 우리는 손수 고친 이 집에서 전통 혼례를 치르기로 했다. 혼례 날짜를 받아 놓고 분주한 나날 이 이어졌다. 나는 혼례에 필요한 것을 준비하기 위해 사방 팔방으로 뛰어다녔고 남편은 기꺼이 촬영감독이 되어 연출 을 도맡았다.

　가장 먼저 준비한 것은 혼례 당일 대례상 양 옆에 놓일 소반. 화려한 해주반과 세련된 나주반 사이에서 고민도 잠시, 나는 통영반 형태의 사각반을 골랐다. 매끼마다 반상이 드나 들던 어린 시절 기억에서 비롯된 자연스러운 선택이었다. 경 상도에서 흔히 쓰이던 사각반은 경남 지방에서 생산된 통영 반과 비슷한 형태로, 멋 부리지 않은 측면부의 비정형적인 무늬가 왠지 마음을 잡아끈다.

　다음은 달항아리 두 점. 대례상에 놓일 소나무와 대나무 를 위한 소품이다. 달항아리의 정형미를 띈 하나는 남성적인

반면, 주둥이를 변형한 다른 하나는 여성스러운 느낌을 풍긴
다. 전통 혼례는 동쪽에 신랑이, 서쪽에는 신부가 자리를 잡
고 식을 치른다. 신랑 쪽엔 남성스러운 달항아리에 담긴 소
나무가, 신부 측으로는 여성스러운 달항아리에 담긴 대나무
가 놓이게 될 것이다.

항아리와 더불어 반상기를 갖추게 된 것 또한 큰 변화다.
혼수를 핑계 삼아 늘어난 그릇을 수납할 그릇장도 들였다.
그릇에 애정이 담기면 자연스레 밥상에 정성을 쏟게 되고,
먹는 즐거움이 일상을 풍요롭게 만들 것이라 기대하며 취향
껏 고른 도자기들이 그릇장을 채워갔다.

소품이 하나둘 늘어남에 따라 단출하게 준비하려던 초심
에 금이 가기 시작했다. 전통 혼례를 준비하며 수고를 덜었
던 부분은 역설적으로 예물이었다. 현대식 결혼의 경우 예물
과 예단 교환이 큰 비중을 차지하지만 전통 혼례에서는 이성
지합二姓之合과 부부일신夫婦一身의 징표로 기혼 여성만이 착용
할 수 있는 가락지 한 쌍이 예물의 전부다. 그렇게 전통 혼례
의 의미를 좇아 오직 가락지 한 쌍만을 맞추고, 옥장식 은비
녀는 시집가기 전 어머니가 주는 마지막 선물로 혼례식 당일
귀밑머리를 틀 때 사용하게 되었다.

혼례가 가까워질수록 여름이 성큼 다가왔다. 한옥의 시
원한 대자리 위에서 예복을 맞이한 어떤 날, 우리는 순조의

딸 복온공주의 붉은 활옷과 청색 관복 그리고 녹원삼과 보랏빛 관복을 놓고 선택의 기로에 섰다. 음과 양의 조화, 혹은 전통 혼례의 클리셰를 위해서라도 청홍 조합이 마땅한 것이었으나, 유월 중순의 무더운 날씨를 고려하여 통풍이 용이하고 가벼운 소재의 녹원삼을 낙점했다. 예복 안에는 새색시의 상징과도 같은 녹의홍상을 껴입을 것이다.

혼례를 불과 보름 앞둔 6월 초순. 혼례식 대례상 뒷면을 장식할 병풍을 물색하던 중이었다. 전통 혼례식에 자주 등장하는 10폭짜리 〈궁중모란도〉 병풍에 마음이 기울었지만 작은 한옥에 10폭 병풍을 들일 수는 없는 노릇이었다. 고심 끝에 사진 작업을 통한 모란도를 구상했을 땐, 시기상으로 늦은 감이 있었다. 그렇다고 모란이 아름다운 고개를 치켜들 다음 해를 기다릴 수도 없는 노릇. 아쉬운 대로 꽃이 진 모란 줄기와 잎사귀만을 촬영한 뒤 꽃시장으로 향했다. 다행스럽게 시장에서 모란을 대신할 꽃을 찾았다. 상인은 모란이 꽃시장에 나오는 일은 없으며, 모란과 작약을 구분하는 건 퍽 어렵다는 말과 함께 작약 몇 송이를 건네주었다. 그리하여 모란 잎사귀와 작약꽃 촬영을 일단락하고, 소스 촬영본을 조합해 모란도를 재해석하는 일까지 가까스로 마쳤다. 한지에 프린팅 한 뒤 표구사로부터 결과물을 받았을 때가 혼례식 이틀 전. 대들보 아래로 늘어트린 청홍 나비매듭 사이에 나만의

127

〈모란작약도〉를 걸어 놓으니, 비로소 실감이 나기 시작했다.

이때쯤부터일까. 순항 중이던 결혼 준비에 살며시 회의감이 밀려들기 시작했다. 함과 꽃 장식까지 하루하루 시간의 상대성을 체감하며 쌓인 피로도 한몫했을 것이다. 그러나 무엇보다 현재와 동떨어진 과거의 의식만을 좇고 있지는 않은지, 음과 양, 다산, 절개 따위의 전통 가치관이 과연 동시대에 유효하기나 한 것인지 의문이었다. 결정적으로 손수 폐백을 준비하며 검붉게 빛나는 대추와 토실한 밤이 뒤섞인 고임판을 마주하자 불현듯 현기증이 밀려왔다. 하지만 그도 잠시, 이 모든 절차를 일상 속의 깜짝 이벤트쯤으로 여기기로 하자 금세 마음이 평온해졌다.

동쪽과 서쪽, 음과 양, 대나무와 소나무, 청과 홍… 대칭을 이루는 한 쌍의 개별체가 어떤 방향을 기준으로 어떻게 놓이는지 나는 더 이상 알지 못한다. 그 형식은 내게 중요한 것이 아니다. 결혼을 준비하며 차곡차곡 쌓은 일탈의 추억, 늘 마음속에 품고 있던 전통문화를 일상 속으로 끌어들일 수 있었던 작지만 커다란 이벤트, 이 모든 행위가 손때 묻은 주거 공간 속으로 수렴되는 자연스러움, 그거면 된 거다. 결혼 준비는 어느 순간부터 머릿속에 그리던 미장센과 어긋나 버렸지만 오히려 다행스러웠다. 우연과 무지와 실수와 인연이 겹쳐 이 작은 혼례식을 채워가는 중이었다.

129

꽃향기가 감도는 결혼 전야. 새벽까지 이어지는 폐백상 준비로 어둠이 내려앉은 한옥에는 묘한 긴장감이 맴돌았다. 아버지는 밤을 깎고 있던 과도를 바닥에 내려놓으며 파업을 선언했고 어머니는 아무래도 단출한 폐백상이 계속 신경 쓰였는지 마당에 신문지를 펴고 휴대용 가스버너에 불을 올렸다. 그리고 언제 장을 봐왔는지 손질한 재료로 전을 부치기 시작했다. 선선한 미풍이 불어오는 여름밤, 쪽빛 하늘 사이로 불현듯 푸른 별이 반짝였고 고소한 기름 냄새와 함께 나는 잠깐 선잠에 들었다.

세 시간 남짓 눈을 붙이고 맞이한 이른 아침. 귀밑머리를 풀고 곱게 단장하기 위해 평소 애용하던 동네 미용실에 들렀다. 미리 준비한 은비녀를 건네며 쪽진 머리와 그에 어울리는 화장을 부탁했다. 몇 시간 뒤 식을 올린다는 이야기는 굳이 꺼내지 않았다. 마침내 단장이 끝났고 나는 서둘러 집으로 발걸음을 옮겼다. 평소 걸어 다니던 익숙한 길목이 그때만큼 낯설게 느껴진 적은 없었다. 곱게 화장한 얼굴로 쪽진 머리에 비녀를 꽂은 채 활보한 아침이었으니!

집에 돌아오니 남편은 보라색 예복을 갖춰 입는 중이었다. 흉배에 쌍호로 수놓은 장색 단령을 장착한 새신랑의 혼례복은 과연 아름다웠지만 그 모습에 감탄사를 연발할 여유조차 내게 주어지지 않았다. 나는 녹원삼의 예복으로 갈아입

131

고 족두리를 쓰고 붉은 곤지를 찍는 것으로 혼례 준비를 일단락했다.

대례상을 사이에 두고 혼례식을 이어나가는 사이 꼬마 손님들은 수시로 프레임 안으로 난입했고 머릿속에 되뇌던 혼례 절차는 뒤섞인 채 백지상태가 되어버렸다. 게다가 한여름을 방불케 하는 뙤약볕이 내리쬐어 녹의홍상과 녹원삼을 켜켜이 껴입고 있던 나는 내면의 자아와 겉으로 드러난 자아를 분리시켜야만 했다. 다행인지 불행인지 기억조차 없다. 시부모님의 덕담과 친정 부모님의 두 손을 꼭 잡은 온기만이 남아 있을 뿐. 꽃 장식은 일주일이 넘도록 아름다움을 지속했고 나비 매듭 사이의 모란도는 그대로 그해 한옥의 여름을 장식했다. 대례상에 놓인 대나무 밑동으로 뿌리가 돋아났으며 폐백 상의 대추와 밤은 그대로 냉동실로 들어간 뒤 화석이 되었다. 혼례복의 아름다움을 만끽하지 못한 것이 못내 아쉬워 언젠가 둘만의 리마인드 웨딩을 기약했지만, 아무 일도 없다는 듯 그저 그런 일상을 지속 중이다.

가 을

입추
처서
백로
추분
한로
상강

입 추

立

秋

가을의 시작. 아직 늦더위가 기승을 부리기는 하지만,
밤이 되면 비교적 선선한 바람이 일기 시작한다.

계절의 호사

뭉근하게 불어오는 미풍이, 솜털을 헤집고 살갗을 간지럽히는 감각이 불현듯 낯설다. 발끝을 맴도는 한기에 몸을 뒤척이다 포근한 담요 사이로 움츠러드는 새벽녘. 계절이 변화하는 시점에 밀려오는 헛헛한 마음은 정든 누군가를 떠나보내는 감정과 유사하다. 청량한 바람에 나부끼는 풀 내음, 대낮의 무더위를 피하기 위한 망중한, 슬로 모션으로 펼쳐지는 해질 무렵의 매직 아워와 천연색 만연한 노을, 그리고 한여름 밤의 산책. 때로는 고온다습한 여름의 한가운데 주저앉아 불쾌한 여름 따위 하루빨리 소멸해 버리기만을 기다렸건만 성큼 다가온 가을의 징후 앞에서 마냥 서운한 감정이 깃든다.

정들었던 여름을 떠나 보내며 허전해진 마음을 달래는 방법은 돌아온 가을을 힘껏 맞이하는 것. 입추는 계절의 경계에서 저물어가는 여름을 잘 보내기 위한 유예 기간과도 같다. 늦여름과 초가을의 경계에 들어선 이맘때 즈음이면 여름과 가을을 동시에 품은 제철 식재료가 식탁에 오른다.

옥수수

다습한 기층이 완전히 소멸되지 않은 공기 중으로 여전히 여름의 향기가 맴돈다. 그 속에 옥수수의 풋내와 단내가 스친다. 그토록 익숙한 냄새는 프루스트의 마들렌처럼 시간과 공간을 휘저으며 금이 간 공감각을 일깨운다.

잠시 어린 시절로 돌아가 늦여름의 풍경을 돌이켜 보자. 사랑방 대청마루와 연결된 할아버지의 작업장에는 건조한 가을 햇살에 바싹 마른 옥수수와 콩, 깨 따위가 거꾸로 매달려 있고 마당에는 이른 가을걷이로 수확한 작물이 쌓여가는 중이다. 오후의 어느 한때, 할아버지는 작업장으로 발길을 옮겨 손작두를 꺼내 들고 아무짝에도 쓸모없어 보이는 풀떼기를 서걱서걱 썰기 시작한다. '버릴 것 하나 없는' 옥수수의 잔해를 소여물로 주기 위해 먹기 좋게 조각내는 것이다. 마당 오른편 우사 안의 소들은 눅진한 타액을 마구 분출해가며 맛있게 받아먹는다. 그렇게 소는 '약에 쓸 때도 있는' 소똥을 배

출하였을 테고, 분변이 쌓이면 또다시 옥수수 밭의 거름이
되어 계절을 순환했을 것이다.

　옥수수가 가득 담긴 솥에서 김이 폴폴 새어 나올 즈음 현
실이 오버랩 된다. 식탁 위에는 옥수수의 잔해가 너부러져
있다. 아마도 올해의 마지막 햇옥수수일 것이다. 서걱서걱 따
낸 옥수수 밑동 사이로 뽀오얀 진액이 송골송골 맺혀있다.
한 꺼풀씩 벗겨낸 겹겹의 껍질은 속살로 향할수록 옅은 빛을
띤다. 진한 초록의 잎사귀에서 미색으로 은은하게 옅어지는
그러데이션이 퍽 아름답게 느껴진다. 그렇게 속잎을 모두 벗

거내면 뽀얀 옥수수 속살을 감싸 안은 옥수수수염과 만난다. 풍성한 결을 따라 촉촉한 금빛을 띤 옥수수수염은 흡사 창포물에 머리를 감고 나온 여인의 머릿결처럼 풍요롭다. 옥수수 알갱이 사이로 파고든 수염을 일일이 떼어내는 일이 성가시긴 하지만 따로 모아 건조한 가을볕에 말리면 훌륭한 차 재료로 거듭나 다가올 가을과 겨울에 온기를 보탤 것이다.

옥수수를 손질하는 사이 솥에서 알맞게 익은 옥수수를 꺼내 맛본다. 고소하며 적당히 차진, 쫄깃한 식감을 충분히 만끽하며 손질 과정의 고단함을 잠시 망각한 뒤에는 다시 지루한 작업을 이어가야 한다. 잘 익은 옥수수 알갱이를 속대로부터 알알이 분리해 냉동 보관하면 언제든 활용 가능하기 때문이다.

식탁 위로 옥수수를 감싸고 있던 겹겹의 껍데기와 축축한 속대만이 남았다. 한여름 들판 위로 널찍한 이파리를 휘날리며 싱그러운 엽록소를 파릇파릇하게 튕기던 옥수수 밭을 통째로 옮겨온 것만 같다. 그렇게 알갱이를 제외한 옥수수 잔해는 음식물류 전용 봉투가 아닌 생활 폐기물용 봉투 속으로 들어간다. '버릴 것 하나 없는' 옥수수의 효용은 이 도심지에서는 유효한 이야기가 아니다. 볕이 잘 드는 선반 위에 말려둔 옥수수수염은 그대로 가을날의 오브제가 되었다.

무화과

여름을 일상으로 끌어오는 매개가 살구였다면 가을엔 검붉게 익은 무화과다. 겉껍질은 여전히 여름의 싱그러운 초록빛을 띠고 있는 듯하지만 속을 가르면 붉게 차오른 달콤한 가을의 향기가 탐스럽게 주방을 적신다. 이렇듯 여름과 가을을 동시에 머금은 무화과를 부엌 한가운데 두고서, 떠나는 여름을 보내는 아쉬움과 다가오는 가을을 맞이하는 설렘이 교차한다.

신선한 무화과는 칼로 두부 자르듯 손쉽게 다듬어 그대로 먹어도 좋고, 잼을 만들어 보관해도 훌륭하다. 변화하는

계절을 가운데 두고 미묘한 감정이 교차할 때는 조금은 분주하게 손을 움직여 요리 솜씨를 발휘하는 것도 좋을 것이다. 요리조리 머리를 굴리다 얼마 전 세계 식료품점에서 호기심에 쟁여둔 춘권피를 들춰냈다. 춘권피를 4등분해 종잇장처럼 얇게 펴고 타르트 틀에 구겨 넣는다. 이때 모양을 예쁘게 잡을 필요 없이 무심하게 손끝으로 틀을 잡아야 제멋이다. 부드럽게 풀어둔 계란물을 골고루 묻히고, 예열된 오븐에 겉이 노릇노릇해질 정도로 굽는다. 그리고선 틀에서 분리해 식히면 간단하게 완성! 이제 무화과를 준비할 차례다. 이 또한 칼자루를 쥔 사람의 마음이 움직이는 대로 모양을 내면 된다.

타르트 필링을 만드는 일은 언제나 어려운 과제처럼 느껴진다. 재료의 조합과 비율이 중요하기 때문이다. 하지만 이번만큼은 무화과에 집중하기로 했으니 단순하게 크림치즈만을 곁들일 생각이다. 오븐에서 바삭하게 구워 나온 춘권피 속을 차가운 크림치즈로 채우고, 큼직하게 썬 무화과 조각을 투박하게 올린다. 완성된 타르트를 크게 한 입 베어 물며 계절의 순환을 음미한다. 선선하게 불어오는 바람에 냉동고의 아이스큐브는 잊힌 지 오래고, 오랜만에 전기포트에 물을 올려 따뜻한 차를 내린다. 춘권피 속의 무화과와 크림치즈, 향긋한 차 한 잔. 가을이 오려나 보다.

처 서

處
暑

'더위를 처분한다'는 뜻의·이름처럼,
아침저녁으로 제법 선선한 가을바람이 불어오기 시작하며 일교차가 커진다.

한옥의 가을

절기상으로는 가을이지만 한여름을 방불케 하는 더위와 열대야로 여느 때와 마찬가지로 이불을 반쯤 걸친 채 눈을 뜬 아침이었다. 웅크린 허리춤에는 늘 그렇듯 잠든 고양이가 적당한 체온과 부드러운 촉감으로 단절되지 않은 일상을 환기시켰고, 항상 먼저 일어나는 남편은 연일 계속되는 폭염을 견디기 위해 오늘도 에어컨을 가동해 놓았을 것이다. 문 밖의 남편과 눈이 마주치자 그는 마당과 연결된 중문을 크게 열어젖힌 채 큰 소리로 외쳤다.

"짜잔, 에어컨 켜놨어."

그럼 그렇지. 하지만 그날의 아침은 이상하리만치 시원하고 고요했다. 수년 전 무더위에 지쳐 어렵사리 구해다 놓은 구식 창문형 에어컨에서 울려 퍼지는 소음에 익숙해졌다

고는 해도 분명 뭔가 달랐다. 침대에서 일어나 바닥에 두 발을 내딛자 잠에서 깨어나 그토록 찾으려고 한 일상성이 단절되었음을 느꼈다. 그야말로 하룻밤 사이에 거짓말처럼 계절이 바뀌어 버린 것이다.

영국 낭만주의 시대의 시인 바이런이 자신의 시에 남긴 '어느 날 아침 눈을 떠보니 유명해져 있었다'라는 문장은 후대에 길이 남을 명언이 되었다. 시 얘기를 하자는 것은 아니고, 그 유명인의 말마따나 '어느 날 아침 눈을 떠보니 계절이 바뀌어 있었다'라는 문구로 변형되어 머리 한쪽을 때린 것이다. 아, 이제 됐다는 안도감과 함께 밀려오는 서운함이란.

정오가 되자 태양의 직사광은 따사롭게 피부를 때려왔고 적당히 건조한 대기는 서늘하게 폐부를 감쌌다. 그날따라 시간은 왜 그리 빨리 흐르던지, 태양이 기우는 순간순간을 주시하다 그만 정오를 넘기고 말았다. 또다시 문득 뇌리를 스치는 영국의 극작가 버나드 쇼의 묘비명. '우물쭈물하다가 내 이럴 줄 알았네.' 더 우물쭈물하다가는 천우신조의 어느 멋진 날을 놓쳐 버릴 것이다. 익숙한 거리를 따라 도시의 산책자가 되기에 더없이 완벽한 날이었다.

불현듯 마주한 가을의 세계는 아름다웠다. 선회하는 바람은 나뭇잎을 춤추게 하고 일찌감치 잎사귀를 떨궈낸 앙상한 나뭇가지는 가을의 변주곡 속에서 자연스러운 폐허의 풍

경을 그려내고 있었다. 무엇보다 초록의 때를 벗고 각자의 색을 끄집어낸 단풍은 여름 속에서 차마 보이지 않았던 시커먼 계곡을 더욱 깊게 물들였다.

새롭게 맞이한 어느 가을날의 여운은 왕실의 정원 창덕궁 후원으로 발길을 이끌었다. 거스름 없이 자연과 어우러진 궁궐의 뒤뜰은 도시인들의 현대판 소도蘇塗, 잡념의 진공, 일상의 성역과도 같은 아우라를 넌지시 풍기고 있었다. 오후의 역광에 비친 어떤 나무의 반투명한 잎사귀는 레몬 크림색으

로 빛나고 단풍으로 다채롭게 물든 고목과 여전히 푸른 상록수는 시신경을 자극했다 풀어주기를 반복했다. 일찌감치 잎사귀를 떨군 낙엽은 음습한 땅의 기운을 머금은 채 향기로운 흙냄새를 풍겨온다.

해질 무렵이 다가오자 아름답게 빛나던 오늘의 빛을 좇아 발걸음을 재촉하게 된다. 빛의 입자 하나하나가 통통 튀는 듯하다. 평소 무심결에 지나치던 풍경들이 빛의 광질에 따라 새로운 시선으로 거듭난다. 시장 귀퉁이의 오래된 주상복합 아파트도, 집집마다 드리운 발코니의 낡은 차양조차 새롭다. 거리의 사람들은 오늘따라 발걸음이 가벼워 보이고, 목청껏 나누는 대화도 귀에 거슬리지 않는다. 도로와 맞닿은 마당 경계에 놓인 화초, 야외용 테이블과 의자에서 담소가 오갈 개인들의 일상이 제멋대로 그려진다. 분명히 극적으로 바뀐 오늘의 날씨도 얘깃거리로 오르내리겠지.

서산으로 기운 태양의 잔광이 오늘의 풍경을 여전히 밝히고 있다. 여름의 기억을 소환하는 능소화 덩굴 사이의 미묘와 우연히 눈인사를 나누며 이유 없이 기분이 좋아지는 순간을 즐긴다. 저물어 가는 석양빛은 우뚝 솟은 키 큰 나무 꼭대기 즈음에나 걸려 있다. 내일도 오늘과 같은 날이 올까?

155

열대야로 잠 못 들던 날들은 어느덧 저만치 물러났고, 따사로운 햇볕 사이로 서늘하고 건조한 대기가 밀려오는 계절의 경계에서 '피서'와 '휴가' 같은 단어는 흘러간 유행가처럼 잊힌 지 오래다. 조금은 느긋해진 듯하지만 서두르는 마음은 여전하고 해야 하는 일과 하고 싶은 일 사이에서 아직도 우물쭈물한다. 뜨거웠던 여름의 기억을 빛바랜 추억으로 남기고 일상으로 돌아와 남은 한 해의 갈무리를 다짐해 본다.

백 로

白
露

완연한 가을로 접어들어 선선하고 차가운 기운이 돌며,
특히 추석 무렵으로 만곡이 무르익는 시기다.

추수의 기쁨

새벽녘 한기에 불현듯 잠을 깨고 웬일인지 또렷한 정신에 그대로 아침을 맞이한 어떤 휴일이었다. 동이 트기 전 옥상 정원에 올라 촉촉한 이슬이 맺힌 식물을 괜스레 보듬으며 마주한 풍경은 자욱한 안개의 도시, 무진霧津을 떠올리게 한다. 그 길로 옷장에 묵혀둔 긴 자락의 옷들을 하나둘씩 꺼내 단출하게 가방을 꾸린다.

영감이 떨어지거나 무언가 충만해지고 싶을 때 시골로 떠나곤 했지만 이번엔 아니다. 여름의 망종이 농사 준비로 가장 바쁜 시기였다면 가을의 백로는 여름의 뜨거운 태양 아래 결실을 맺은 작물을 정성껏 수확하는 때다. 들판 위에서 하루 종일 고된 노동이 이어지지만 수확의 기쁨이 피로를 상쇄시킨다.

추수 풍경은 특별할 것도 없다. 수확과 포장을 거쳐 공판장으로 운반한 뒤 경매 입찰 명세서를 확인하고 차곡차곡 쌓아두기를 반복하는 하루하루. 빼곡히 매달린 포도송이에 여백이 드러나기 시작하면 비로소 주변으로 고개를 돌릴 수 있는 여유가 생긴다.

정원의 모습은 그곳을 가꾸는 사람과 닮아있다. 포도밭 귀퉁이 구석진 작은 골을 따라 아버지의 또 다른 얼굴이 펼쳐진다. 아버지는 낙찰가가 어제보다 떨어졌다고 푸념이지만 그건 이미 나의 관심사가 아니다. 내 마음은 노을이 내려앉기 전 가을의 절정에서 그대로 시들어가는 들녘의 풍취, 무심한 듯 정성스레 돌본 이름 모를 들풀과 추켜올린 꽃대 사이로 알알이 맺힌 씨앗, 여기저기 흩어진 농기구, 아무렇게나 쌓인 포도나무 가지와 줄기 같은 것들에 닿아 있다. 이 모든 것은 원래 그랬던 것처럼 자연스럽고 정연하다. 백로를 기점으로 단풍을 머금기 시작한 쇠락한 포도 잎사귀와 생장을 멈춘 텃밭의 식물은 더 이상 농부의 손길을 타지 않는다. 그러므로 자연스러움만이 줄 수 있는 황홀함 그 자체를 간직하고 있는 것일지도 모르겠다.

태양이 완전히 자취를 감추기 전에 공기 덩어리를 코에 파묻고 숨을 크게 들이쉬자 포근한 촉감과 향기가 폐부에 전달되며 또 다른 세계가 펼쳐진다. 땅에 널브러진 포도 알갱이를 하나 주워 천천히 깨물어 본다. 달콤한 과즙이 혓바닥을 휘감으며 풍부한 아로마가 입가에 맴돈다. 입술이 옅은 보라색으로 약간 물들어 있는 것 같기도 하다. 그렇게 자그마한 일손을 보태고 도시의 보금자리로 돌아가는 길목에 동행하는 짐 꾸러미는 그 여느 때보다 풍성하다.

집으로 돌아오는 길, 일상의 사소한 행복을 뽐내고픈 마음에 친구에게 전화를 걸었다. 플로리스트인 그녀는 언젠가 내 옥상 정원의 방울토마토 줄기를 꺾어다가 식탁을 꾸며보고 싶다고 얘기하곤 했다. 넉넉히 챙겨온 과일과 곡식도 나

눌 겸, 일부러 여름 내내 가지치기를 하지 않은 무성한 토마
토 줄기도 선물할 겸 친구를 집으로 초대했다. 전화를 받고
한옥에 도착한 그녀는 청량한 가을의 햇살과 어울리는 푸른
리넨 셔츠를 입고 양손에 미니사과와 색색의 미니호박, 양초
꾸러미를 들고 있었다. 나는 제철 야채와 토마토를 듬뿍 다
져 넣은 라자냐 소스를 끓이며 그녀를 맞이했다. 식탁 위에
는 가을의 선물이 한 아름 쌓여 있었는데 그중에서도 커다란
작두콩을 보며 환호성을 질렀다. 아버지는 작년에 심어둔 작
두콩 씨앗이 절로 얽어져 자라난 것을 꽤 성가시게만 여겼
늘 오브제로 이토록 환대받다니! 무용의 효용이란.

소스가 담긴 냄비의 불을 약하게 내리고 나는 서둘러 옥
상 위로 올라 얽히고설킨 방울토마토 줄기를 툭툭 꺾는다.
뜯겨나간 생채기 틈으로 토마토의 푸른 풋내가 코를 찌른다.
토마토 가지 하나에 노란 별 모양의 토마토 꽃, 꽃이 진 자리
로 갓 맺히기 시작한 콩알만 한 푸른 토마토 열매, 서서히 붉
게 물들어가는 토마토, 갈변하는 잎사귀 등 다채로운 모습이
담겨 있다. 헝클어진 토마토 줄기를 그녀에게 건네고 부엌으
로 돌아와 요리를 완성하는 동안 그녀는 능숙한 손짓으로 식
탁을 꾸몄다. 가을날의 식탁은 나의 요리와 그녀의 장식으로
아름다운 정물을 그려내고 있었다.

식탁을 옮겨 상을 차리며 라자냐 소스의 농도는 적당한
지, 타르틴에 얹은 식재료의 조합이 괜찮은지, 음식이 짜거나
싱겁지는 않은지를 물으며 그저 그런 이야기를 이어가던 어
느 가을날 오후의 풍경. 돌아오는 휴일 즈음엔 완연한 가을
이 내려앉아 있을 것만 같다.

추 분

秋

分

낮의 길이가 점점 짧아지며, 낮과 밤의 길이가 같아진다.

햇것으로 뭉친 가을 약밥

낮과 밤의 길이가 같아지는 시기는 24절기 중 두 번 찾아
든다. 봄을 알리는 춘분과 가을이 시작되는 추분. 낮의 시간
이 점점 늘어나는 춘분과 반대로, 추분이 시작되면 여름 내
내 길게만 느껴졌던 낮의 길이가 짧아져 부쩍 어둠이 일찍
잦아든다.

추분 사이에는 통상 추석을 지낸다. 연중 달빛이 가장 좋
은 가을의 한가운데, 지천에 널린 풍요로운 먹거리들을 소중
한 사람들과 함께 나누며 시간을 보내는 큰 명절. 이날을 위
해 햅쌀과 해콩으로 빚은 송편엔 뒷산에서 꺾어온 솔잎을 깔
고 아궁이 장작불에 쪄낸 뒤 들판에서 갓 타작한 깨로 짠 참
기름을 바른다. 전국 각지에서 추려낸 모양도 맛도 가장 좋
은 햇과일은 빛이 들지 않는 시렁 아랫목 즈음에 정성스레

보관해 둔다. 토실토실하게 여문 햇밤의 광채는 윤택하기만 하고 초록의 기운이 완연히 가시지 않은 가을 대추에서는 왠지 향긋한 사과 내음이 풍기는 것만 같다. 두툼한 소고기 산적, 고소하게 무쳐낸 나물 몇 가지, 비릿한 닭과 생선 등 그야말로 산해진미 가득한 가을날의 축제. 명절을 앞두고 차례를 위해 예외 없이 펼쳐지는 풍경이다.

아니, 그건 기억 속에 박제된 추석의 모습이었던가. 어쩌면 추억을 붙들고 동시대와 아슬아슬한 줄타기를 하고 있는 것일지도 모른다. 전통문화가 서서히 희미해져 가는 세태의 경계에서 유년시절을 보낸 나는 아름답게 표백된 축제의 기억을 간직하는 동시에 점점 사라져가는 풍습과 한 걸음 멀어진 채로 연휴를 사유화한다. 그럼에도 불구하고 과거의 향수에 완전히 비켜서지 못하는 관성은 여전하다. 변하지 않는 것은 밝은 달, 풍요로운 먹거리, 소중한 가족과 주변 사람들, 변해 가는 것은 전통과 관습뿐일지도 모른다.

어린 시절, 제수 준비가 끝나고 고요한 축제 전야가 찾아들면 익숙하지 않은 잠자리에 어깨를 들썩이다 이내 툇마루로 나와 밤안개가 밀려오는 들판을 바라보곤 했다. 자정 즈음 완전히 가득 차 있는 것 같지 않은 보름의 월광을 응시하며 나는 그 무엇도 기원하지 않았다. 어서 어른이 되어 이런 귀찮은 명절 따위 없는 듯 보냈으면 하는 마음뿐이었다.

그다음 해에 한가위의 꽉 차오른 달님이 과연 내 소원을 들어주었던가. 나는 큰집에 가지 않고 홀로 집에 머물면서 자유를 만끽하겠노라 선언했다. 부모님은 흔쾌히 그러라 했다. 장손도 아닌 나 하나쯤 빠진다고 추석날의 축제가 엇박자를 탈 일도 없다. 다정한 할아버지, 할머니, 그리고 모든 친척들이 내 안부를 물어봤다는 것 빼고는.

다음 날 집으로 돌아온 부모님의 짐 꾸러미에서 나는 큰어머니가 정성스레 챙겨준 제수 음식을 굶주린 시궁쥐처럼 가장 먼저 찾았다. 그다음 해부터 굳이 명절을 피하려 하지 않았다. 그리고 얼마 후 할아버지, 할머니가 돌아가시고 농경사회의 공동체 문화가 시나브로 옅어져 버린 시류와 타협한 아버지 세대의 어른들은 굳이 모이지 않기로 했다고 들었다.

어느 가을날 펼쳐진, 추분 속에 깃든 축제를 앞두고 나는 지난해에 이어 일을 핑계 삼아 또다시 한 발짝 물러서 있기로 했다. 그럼에도 불구하고 그 시절의 향수가 그리워 갓 수확한 찹쌀과 햇밤, 대추, 잣 등을 모아 약밥을 뭉쳐본다. 누군가의 희생으로 점철된 고된 가사 노동과 죽은 자를 위한 제의는 단지 역사의 뒤안길에서 추억으로만 이따금씩 소생하기를 바라며, 그럼에도 가을날의 풍요만큼은 언제고 식탁 위에서 그 누구와도 기꺼이 나눌 수 있기를 바란다.

한 로

寒

露

이슬이 찬 공기를 만나서 서리로 변하기 직전으로,
단풍이 짙어진다.

옥상 정원의 가을 그리고 가을 식탁

밤새 꿈나라를 헤맨 무의식을 두드리는 건 언제나 아침의 빛이다. 여름날 부지불식간 침실을 침투하던 태양빛이 무자비하게 아침잠을 깨웠다면, 추분점을 경계로 남쪽으로 기운 황도의 빛은 은은한 사선의 각도로 하루의 시작을 일깨운다. 기상 시간은 아무래도 늦춰진 감이 있다.

발밑에 감도는 차가운 공기층은 인기척에 잠을 깬 고양이와의 따뜻한 포옹을 극적으로 연출하는 듯하다. 여름의 기운은 솜털만큼도 남아 있지 않다. 솜털, 솜털이라면 그야말로 솜을 틔운 목화가 있다. 여름의 태양빛을 머금고 가을의 풍요로운 결실을 맺은 이 목화 나무에서 꽃이 얼마나 피었는지, 솜뭉치가 어떻게 변해 가는지 구경하는 것이 가을을 맞이한 옥상 정원의 이슈다.

목화나무는 밑동부터 하나둘씩 결실을 맺으며 괄목할 변
화를 파노라마로 펼쳐 보인다. 흰나비의 날갯짓을 떠오르게
하는 꽃은 이틀 사이 분홍빛으로 물들다 금세 떨어지고, 통
통한 씨방을 맺은 뒤 거짓말처럼 솜을 틔운다. 가을의 한가
운데 피어난 아름답고 포근한 목화송이는 왠지 따사로운 겨
울을 암시하듯 괜스레 기분이 좋아진다.

가을의 정원은 쇠한 아름다움을 풍긴다. 벌어지는 일교차, 건조한 대기, 부쩍 줄어든 날벌레…. 어떤 것은 서둘러 꽃을 피워 결실을 맺으려 하고, 어떤 것은 뿌리로 양분을 저장하고, 어떤 것은 아름다운 열매를 내어주고 서서히 소멸해간다. 잦아드는 가을의 정원에서는 할 수 있는 일이 아주 많거나 전혀 그렇지 않거나 둘 중 하나다. 하나둘씩 갈변하는 잎사귀를 정리하고 시들해진 허브를 뽑고 앙상한 나뭇가지를 가지런히 절단하거나 알아서 스러지도록 가만히 내버려 두는 것이다. 나는 아무것도 하지 않는 쪽으로 마음이 기운다. 순환하는 생의 절정을 관망할 수 있는 시기가 이맘때 즈음인 까닭이다.

서리가 내려앉기 전에 온전한 허브 한 조각이라도 딸 수 있기를, 괜스레 분주한 마음이 깃든다. 차일피일 수확을 미루던 당근도 꽃대가 올라오기 시작하자 한꺼번에 식탁 위로 옮겼다. 옥상 정원과 부엌의 거리는 고작 열 걸음도 채 되지 않건만, 도심 속 작은 공간에서 결실을 맺은 나만의 작물을 마주하는 건 언제나 벅찬 일이다.

계절 속에 깃든 절기를 따라 식탁의 모습도 변해간다. 가을의 식탁은 다채로움이 절정에 이른다. 토마토소스, 모차렐라 치즈, 바질 잎으로 구워 낸 마르게리타 피자와, 갓 수확한 당근의 흙먼지만 털어내고 올리브유에 살짝 구운 당근 샐러

드. 약간의 소금과 화이트 발사믹으로만 토핑을 하고 치즈를
뿌리면 풍성한 한 끼 식탁이 꾸려진다.

태양이 대지에 머무는 시간과 대기의 습도는 점점 잦아
들고 있다. 스산한 바람과 건조한 피부결을 꼬박 한 해 만에
조우한다. 서랍장에 방치한 수분크림을 잘 보이는 곳에 꺼내
어 둔다. 공기의 온도가 달라졌다.

상 강

霜

降

아침저녁으로 기온이 뚝뚝 떨어지고,
서리가 내리기 시작할 무렵.

비밀의 정원, 가을 습지

계절의 끝자락에서 나는 비밀의 정원으로 향한다. 금빛 호수와 나의 '무진'이 있는 곳. 사실 비밀이랄 것도 없다. 강태공들의 공공연한 낚시터이기도 하니까. 그 누구도 애써 가꾼 적 없으며 큰 비가 진 뒤엔 상류에서 떠밀려온 쓰레기로 뒤덮이지만, 이내 습지를 휘감은 들풀이 무단 투기장이 된 습지의 민낯을 은폐시킨다. 습지의 가을 풍경은 풀과 바람이 만든 부드러운 붓터치 자국으로 넘실거린다. 습지는 어느덧 시퍼렇게 뒤엉킨 수풀 사이로 억새의 은빛 물결이 넘실거리는 아름다운 풍경을 토해 놓는다.

가을의 태양빛은 투명한 백색에 가까우며 살결에 닿으면 부드러운 온기가 전해 온다. 건조한 공기 사이로 청아한 습지의 향기가 온갖 들풀과 뒤섞인 채로 폐부를 가득 메운다.

지금 이 순간 내가 바라는 것이 있다면 언제고 이 아름다운 습지가 영원히 나만의 비밀의 정원으로 남아 있기를.

석양으로 물든 해를 육안으로 들여다본다. 하루 중 태양의 얼굴을 감히 대적할 수 있는 마술 같은 시간 속에서 짙은 오렌지빛을 머금은 강물은 바스락거리는 셀로판지처럼 빛난다. 가을의 끝자락에서 서산으로 기우는 태양은 아쉬워할 틈도 없이 미끄러지듯 사라져 버린다. 땅거미가 내려앉자, 거친 바람을 타고 강바닥에 누운 억새 군락의 추임새가 범상치 않다. 역시나 밤사이 대지를 두드리는 빗줄기 소리는 짧은 여독에 지친 피로를 한없이 누그러뜨린다.

이튿날 다시 찾은 비밀의 정원. 태풍의 잔해는 많은 비를 뿌렸다. 호수처럼 잔잔하던 강줄기는 태풍의 끝자락이 흩뿌린 빗물에 순식간에 습지를 삼켜버렸다. 범람 직전의 둑길 위에서 흐르는 강물을 그저 바라보는 것만으로 상쾌한 기분이 들었다. 내 안의 묵은 때가, 세태의 풍진이 모조리 씻겨 내려가는 듯했다.

그다음 날의 습지는 서서히 항상성을 되찾고 있었다. 은빛 실루엣이 너울거리던 갈대밭은 강물이 할퀴고 간 상처로 강바닥에 스러진 채 강물이 흘러간 방향을 가리켰다. 불어난 강물만큼 수면 위로 비치는 태양의 잔광은 더욱 찬란하게 빛났다. 이곳에서 유년시절을 보내며 그때는 미처 몰랐던 '금

호'의 오래된 메타포가 불현듯 이해되기 시작했다. 왜 이토록 태양이 드넓게 떠오르는지, 흐르는 강물과 바람에 흐드러진 갈대밭의 속삭임은 왜 그토록 아름다운지, 그리하여 마침내 이곳이 왜 금호錦湖라 불리게 되었는지.

집으로 돌아와 먼지가 소복이 쌓인 책장에서《무진기행》을 꺼냈다. 안개를 묘사하는 부분이 압권이라는 사실은 왠지 진부하게 다가온다. 내게 묻는다면 희미한 바람, 희미한 바람, 희미한 바람이라고 답해야지. 나의 무진에서, 이 습지에서 아무것도 아닌 희미한 바람에 재생의 의지를 다진다.

그 여자는 어린아이처럼 나를 따라오고 있었다. 나는 나의 한 손으로 그 여자의 한 손을 잡았다. 그 여자는 놀란 듯했다. 나는 얼른 손을 놓았다. 잠시 후에 나는 다시 손을 잡았다. 그 여자는 이번엔 놀라지 않았다. 우리가 잡고 있는 손바닥과 손바닥 틈으로 희미한 바람이 새어나가고 있었다.

작가의

아틀리에

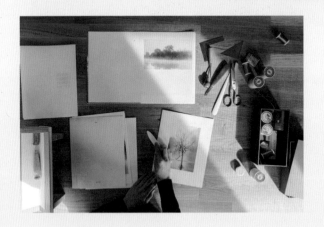

일과 일상이 맞닿아 있는 우리에게 20평 남짓한 작은 한
옥은 집이자, 카페이자, 일터였다. 거실엔 언제나 잔잔한 보
사노바 음악이 흐르고 카펫과 소파 위로 몸을 웅크리고 잠든
고양이 두 마리, 반쯤 담긴 허브차를 곁에 두고 이런저런 사
색을 자판 위로 옮기는 나, 그리고 자리를 옮겨 다니며 이미
지를 만들어내는 남편의 실루엣이 공간을 채우고 있었다.

한옥을 중심으로 꾸려가던 일상이 양분화되기 시작한 건
남편의 사진 장비가 하나둘씩 늘어나면서부터다. 집과 작업
공간을 분리하지 않은 채 지내온 결과 일상의 여백이 사라져
버린 것이다. 각종 촬영 장비를 보관하고 언제든 작업을 할
수 있는 공간이 필요하다는 데에는 동의했지만, 자연광이 아
름답게 비치는 한옥의 거실은 시시때때로 훌륭한 홈스튜디
오로 변모했고 새로운 공간에 대한 갈증은 이런저런 핑계로
상쇄되기를 반복했다.

그렇게 돌아온 봄을 다시 맞이한 어느 날, 여느 때와 다르지 않은 시간을 보내던 남편이 말했다. "작업 공간이 진짜 필요할 것 같아." 고백하자면, 나는 남편이 찾고 있는 작업실 조건에 대해 회의적인 태도를 취해왔다. 서울 도심 한복판에서, 한정된 예산으로, 자연 채광이 비추는, 게다가 4m에 달하는 층고의 스튜디오를 얻는 일이 과연 가능한 일인가 싶었다. 하지만 돌이켜보면 애초에 도심 한옥에서 고양이 한 마리, 방울토마토 모종 한 뿌리, 바질 씨앗 한 봉지로 소꿉장난처럼 살림을 꾸려나간 지난날 또한 아득한 환상에 가깝기는 하다. 지금은 고양이가 두 마리가 되었고 옥상 정원은 허브로 밭을 이루고 있으니, 앞날은 감히 미리 내다볼 수가 없다. 우리가 할 수 있는 건 일상의 궤도를 차근차근 밟아가는 것뿐!

꽃은 지고 신록이 제법 짙어질 무렵, 남편은 스스로 내건 조건과 정확히 맞아떨어지는 작업실을 찾아내고야 말았다. 한 작가가 작업실 공유 사이트를 통해 아틀리에를 내놓은 것이다. 새로운 공간과 처음 마주한 그날, 그녀는 차를 건네며 그동안 사용했던 아틀리에를 살뜰히 소개해주었다. 흐린 날씨 탓에 섣불리 분위기를 가늠할 수 없었지만 태양이 말간 얼굴을 비추기만 한다면 아름다운 자연광이 쏟아질 풍경이 머릿속에 그려졌다. 새순이 막 돋아나기 시작한 플라타너스의 실루엣이 2층 차창 밖으로 넘실대며 희미한 그림자를 드

리웠다. 작업실이 꽤 마음에 들었던 우리는 작업실을 내어준 작가와의 인연을 운명으로 해석했다. 그녀는 나와 같은 예술 학교 출신의 동문이었다. 화실을 스튜디오로 개조하기 위한 노고가 주마등처럼 스쳐갔지만, 작은 한옥 마당 한 편에 쌓여만 가는 장비들이 숨 쉴 공간이 필요한 것 또한 사실이었다. 더불어 새로운 공간이 변화시킬 우리의 새로운 모습 또한 기대됐다.

입주일에 맞춰 비워진 화실에는 비로소 드러난 공백과 갈라진 틈 사이로 화창한 초여름 햇살이 쉴 새 없이 들이쳤다. 맨 얼굴을 드러낸 공간 곳곳에 이곳을 스쳐간 이들의 생활 방식이 나름의 옷을 입고 켜켜이 쌓여 있었다. 우리는 빈자리를 채워나가기 전에 모든 것을 비우기로 했다. 각목과 판재, 석고보드부터 못과 철근 등을 뜯고 나르는 과정이 반복됐다. 지속되는 철거 작업에 심신은 지쳐가고 때마침 북상한 장마로 인해 조바심이 깃들던 어느 여름, 무엇보다 기본적인 공사를 마무리 지은 뒤 평범한 일상으로 돌아가고 싶은 마음이 간절했다. 공사를 위해 집을 비우는 시간이 늘어남에 따라 고양이의 촉감마저 아련할 지경이었다.

폐기물 철거, 벽과 천장의 페인팅, 바닥 공사, 그리고 공간 구획을 일단락 지었을 땐 계절이 바뀌어 있었다. 여름의 문턱에서 차창 밖 플라타너스는 만개한 잎사귀를 서로 부닥치며 청량한 울림을 퍼뜨렸고 새로 들인 냉동고의 얼음 조각은 하루가 멀게 동이 났다. 봄과 여름의 경계에서 눈에 띄는 변화 없이 한 뼘 두 뼘씩 모습을 갖추어 가던 스튜디오는 어느 순간 새하얀 미소를 머금은 채 우리를 맞이했다. 기초 작업이 인내심을 요하는 지지부진한 과정이라면, 텅 빈 공간에 물건을 들이는 일은 그 반대다. 사물이 제자리를 찾아감에 따라 욕망과 취향이 뒤섞여 춤을 춘다. 마침내 깃털 장식의 펜던트 조명을 마지막으로 공사를 마무리한 초여름, 한옥에서 잘 쓰고 있던 커피 머신을 스튜디오로 옮겨와 새로운 공간의 탄생을 자축했다.

공간과 교감하는 방법 중 하나는 빛을 좇는 것이다. 흘러넘치듯 찰방이는 태양광에 여름의 스튜디오는 온실을 방불케 했다. 널찍한 잎사귀의 관엽 식물은 하루가 다르게 새순을 틔웠고, 어느 순간부터 차가운 허브차를 곁에 두고 소멸되기 직전의 태양을 기다리는 일이 일상의 루틴이 되었다. 황금빛으로 물든 찰나의 시간, 블라인드 너머로 비춘 플라타너스의 실루엣을 찬미하기 위해서다. 가을의 문턱을 넘자 넓은 잎을 바스락대며 푸른 춤을 추던 플라타너스는 농후한 향

Atelier

을 풍기며 시들어갔다. 어느새 가을은 끝자락을 향해 있었고 서점에는 이듬해 달력이 나오기 시작했다. 두툼한 니트 목도리를 두르고 차가운 커피를 마시며 입안이 살짝 얼얼하다 느낀 연말이었다. 벽을 타고 시계방향으로 선회하던 빛은 바닥을 향해 고개를 숙여만 갔고 매직아워를 기다리는 시간은 점점 당겨졌다.

그러는 사이 비어있던 공간에 하나둘씩 쌓인 지류함, 프린트기와 잉크, 흠모하는 포토그래퍼의 두꺼운 사진집은 남편의 작업 의지를 서서히 자극해 갔다. 커머셜 촬영에 치여 사진 작업의 실마리조차 잡지 못하고 이따금씩 공허한 눈빛으로 쓸쓸한 미소를 지어 보이던 그다. 나는 남편의 작업을 곁에서 지켜보며 그가 이미 갖고 있는 것만으로도 충분하다 여겼다. 단지 그것을 엮어내고 보여주는 방식이 필요했을 뿐. 상의 끝에 갖고 있는 사진을 추려 전시를 열기로 했고, 모든 과정이 새로운 작업실에서 차근차근 이루어졌다.

전시 준비가 막바지에 이를 무렵 남편은 광고 촬영으로 누적된 피로를 고스란히 안은 채 틈틈이 작성한 메모를 나에게 보여주었다. 담담하고도 진솔한 어조로 써내려간 문장은 손볼 게 거의 없었다. 마치 한 편의 시 같았다. 순수하게 작품 활동에만 전념할 수 없는 그의 환경이 고스란히 투영된 것이었을지도 모른다. 사진과 꼭 같이 문장의 열 사이, 행간에서

산책 중 우연히 마주한 그날의 질감이 전해왔다. 남편은 이 사진에 목적이 없다고 했다. 그건 내가 지니고 있는 세계관과 어느 정도 통하는 것이기도 했다. 전시를 통해 남편은 작품 활동을 지속할 원동력을 얻었고 한 권의 사진집과 전시 사진이 수록된 2020년 달력을 남겼다.

우리는 그렇게 충직하게 흐르는 일상의 궤적을 찬미하며 삶을 지속하는 중이다. 이미지와 문장을 통해 지속가능한 작업을 이어가고, 그 작업을 사랑하며 행복한 과정과 만족스러운 결과를 위해 최선을 다한다. 비록 친애하는 우리의 어시스턴트 미셸과 꼬망은 한옥을 지키느라 곁에 없지만, 다양한 작업을 차근차근 쌓아가기 위한 열린 장으로써 플라타너스가 넘실대는 아틀리에는 언제나 열려있다.

낯선 곳에서의 어느 아침. 그 산책의 기록이다. 우연이라는 말을 좋아한다. 그날 일찍 일어날 수밖에 없었던 한 무리의 새소리, 이른 아침 들르겠다고 약속했던 이의 지각, 이례적인 홍수로 젖어 있던 숲, 때마침 떠오른 태양과 서서히 생겼다가 사라지기를 반복하는 물안개. 모두 우연이다. 그날 산책을 하기로 마음먹은 것도, 산책길에 카메라를 챙긴 것도.

프랑스 루아르Loir에서 담은 이 순간들은 어떤 목적도 가지고 있지 않다. 카메라 아이camera-eye로 바라본 세상의 단면일 뿐이다. 내가 감각하고 담은 이 순간들의 합으로 각자의 이야기와 정서를 떠올릴 수 있었으면 한다. 마치 우연과 우연이 거듭되어 필연이 되는 것처럼.

작가 노트 중에서

겨 울

입동
소설
대설
동지
소한
대한

입 동

立

冬

겨울의 시작.

미리 맞이하는 겨울의 설레임

비가 연일 쏟아지더니 말라가던 낙엽이 물기를 머금으
며 지상에 쌓여갔다. 젖은 낙엽 더미 사이로 풍겨오는 그윽
한 향기는 겨울이 오기 전, 가을이 마지막으로 건네는 것이
다. 무색무취의 건조한 추위가 문을 두드리고 있었다. 이맘때
즈음이면 한층 차가워진 공기 사이로 문득 온기를 찾게 된
다. 사랑하는 가족 그리고 다정한 친구들, 주변의 이웃이 어
느 때보다 특별한 존재로 다가온다. 한 해가 저물기 전에 그
간 미뤄온 약속들이 연말의 정취와 어우러져 달력을 빼곡히
채우고 있다. 거리는 반짝이는 불빛과 화려한 장식으로 서서
히 물들어 간다. 분위기에 휩쓸려 나의 아늑한 보금자리 한
편에 놓일 오브제를 그려본다.

차가운 서리가 내려앉기 전, 풍성하게 영근 늙은 호박과 흑진주처럼 탐스럽게 들어찬 서리태를 마지막으로 거둬들이던 아버지의 일손을 돕기 위해 남쪽의 들녘에 다녀오는 길이었다. 만추가 빚어낸 들판의 풍경은 다채로운 빛을 발하며 사그라드는 아름다움을 풍겨왔다. 그렇게 한 해 농사를 갈무리 짓고 휑한 기운만이 감도는 들과 밭 가운데 유독 무성한 푸른 잎 사이로 붉은빛을 탐스럽게 뽐내는 조경수가 눈에 띄었다. '피라칸타pyracantha'라 불리는 장미과의 상록수다. 호박과 서리태는 뒷전으로 밀려나고, 나는 아버지의 전지가위를 들고 피라칸타 가지를 꺾는데 정신이 팔리고 말았다.

그 길로 피라칸타를 고이 모셔 집으로 돌아온 당분간은 왠지 마음 한구석이 풍요로워지는 듯했다. 피라칸타의 푸릇한 생명력이 환절기의 스산한 분위기에 활력을 불어넣었다. 차일피일 미루기만 하던 오브제는 피라칸타가 시들해지기 시작하던 어떤 겨울의 문턱에서 손끝을 타고 비로소 소생했다. 리스를 엮기로 한 것이다.

리스는 꽃가지, 상록수, 과일 등을 이용해 만든 둥근 형태의 구조물을 뜻한다. 고대 남부 유럽에서 유래한 것으로 금과 화려한 보석으로 장식한 둥근 장신구를 리스라 칭했다. 월계수관을 떠올리면 친숙하게 다가올 것이다. 아폴로가 빛나는 태양 아래 영원한 승리와 영광을 위시하며 찬란한 위용을 드

러내던 그 순간 머리카락 사이로 반짝이던 관이 바로 그 리스
다. 이후 유럽 문화권에서는 추수를 끝내고 바짝 마른 짚단
등을 엮은 리스를 이듬해까지 문밖에 걸어 두었다. 삶의 항
상성을 기원하는 작은 표식이었을 것이다. 그 뒤 리스는 가
톨릭 문화와 더불어 성탄절을 알리는 징표로 거듭났다.

　테이블 위에 놓인 피라칸타는 들녘에서 빛나던 싱그러움
은 사그라들었지만 푸른 잎과 강렬한 붉은 열매의 대조가 여
전히 아름답다. 즉흥적으로 구상한 과업이었으므로 재료는
주변에서 쉽게 구할 수 있는 것이어야 한다. 세탁소에 옷을
맡길 때마다 쌓여가는 철제 옷걸이, 얇은 철사, 펜치와 가위
면 충분하다.

　먼저 옷걸이 고리를 풀어 둥근 모양으로 형태를 잡아 준
다. 피라칸타를 다듬을 때는 나뭇가지 사이사이로 뾰족하게
돋아난 가시에 손이 찔리지 않도록 주의해야 한다. 다음으
로 철사를 조각내 일정한 길이로 다듬은 피라칸타 꽃가지를
한 방향으로 엮는다. 반 이상을 채워 나갈 즈음 손끝이 아려
오기 시작한다. 과연 오늘 내로 마무리 지을 수 있을까 하는
의구심과 반쯤 완성된 리스를 향한 환희가 교차한다. 어느덧
완성된 리스의 형태를 마지막으로 한 번 더 다듬고 난 뒤 집

입
동

안 곳곳에 어울리는 자리를 마련하기 위해 바지런히 움직여
본다. 한옥의 대들보에도 걸어보고, 마당으로 나가 기둥 한
편에도 걸어본다. 마침내 가장 일상적으로 생활하는 공간인
부엌의 기둥 가운데 제 자리를 찾는다.

　　저물어 가는 한 해를 핑계 삼아 그동안 소원했던 사람들
을 만나고, 조금 들뜬 마음으로 따뜻한 대화가 오가기를 바
란다. 리스의 찬란한 영광 아래 나의 일상도, 그들의 삶도 아
름답게 빛날 것이다.

소 설

小

雪

첫겨울의 징후가 보이는 시기로,
입동이 지나면 첫눈이 내린다고 하여 소설이라는 이름이 붙었다.

달콤 따뜻 겨울차

강원도 산간 지방의 첫눈 소식을 접한 지 얼마 되지 않아 곳곳에 눈발이 흩날렸다. 지붕 위로 소복이 쌓인 하얀 눈과 매서운 칼바람을 맞으니 비로소 찾아든 겨울이 실감나기 시작했다.

연중 일상성이 와해되는 시기를 들라면 바로 소설의 절기다. 24개의 작은 계절 중 가장 예쁜 이름을 하고서 가장 흐트러진 일상을 보내게 하는 시기. 연례행사와도 같이 소설에 찾아오는 감기는 꼬박 일주일의 공백을 드리운다. 첫눈 흩날리는 아름다운 시공간에 향긋한 과일차 한 잔을 곁에 두고 소설小說 한 편을 완독하는 풍경을 늘 그려왔지만 약속이나 한 듯 불청객이 문을 두드린다. 덕분에 이 즈음에는 하루 세 끼 식사와 감기약, 수면의 반복으로 공공연한 안식을 누린다.

어느 정도 몸이 회복되고 일상을 되찾아갈 때 즈음 소설은 반 이상 지나가고, 나는 다시 태어난 것마냥 들뜬 마음으로 겨울의 제철 과일을 차곡차곡 쟁이기 시작한다. 언제든 불쑥 찾아드는 불청객에 대한 나름의 항체를 형성하기 위함이라고나 할까. 식탁 한 구석에는 얼마간 황금빛 향기를 은은하게 퍼뜨리던 모과와 깊은 땅 속 진흙의 태를 완전히 벗지 못한 생강이 자리하고 있다. 알싸한 진액이 흐르는 생강을 보니 레몬까지 있으면 딱 좋겠다는 데 생각이 미쳤고, 장바구니를 들고 나선 길목에서 붉게 빛나는 석류와 남해의 해풍을 머금고 올라온 상큼한 유자까지 만나고 말았다.

보석처럼 빛나는 제철 과일을 식탁 위로 하나둘씩 옮기던 어느 초겨울, 대기층을 뚫고 내리쬐는 맑은 태양빛은 식탁 위에 놓인 나의 보물들을 비추고 있었다. 달콤한 꿀단지의 금빛, 설탕의 반짝임, 뜨겁게 헹구어낸 유리병에 맺힌 물방울… 식탁 위의 정물은 겨울의 투명한 태양빛 파동에 일렁이기 시작한다.

모과

모과 속을 가르고 과육을 손질하는 사이 부엌은 어느새 달콤하고도 기름진 향기로 가득 찬다. 딱딱한 과육의 깊숙한 씨방으로 고대의 전설을 품고 있을 것만 같은 모과는 얇게 조각난 그대로 설탕과 꿀 사이 켜켜이 쌓인다. 노란 속살은 황금빛 꿀 사이로 박제되어 더욱 과장된 노란빛을 띠고, 모과가 쌓인 병에 꿀을 쏟아부을 때 유리병 사이로 알알이 기포가 맺힌다. 빛의 파동과 건조하고 청량한 공기의 입자가 병 속에 담기길 바라며, 모과청 뚜껑을 여는 순간 모과청을 담근 그날의 찬란함 또한 혀끝으로 전해오길 바라며 야무지게 뚜껑을 닫는다.

유자

오돌토돌한 껍질에 손끝이 파고들 때마다 새침하게 새콤한 과즙을 뿜어내는 유자. 다른 과일에 비해 손이 많이 가지만 잘 손질하면 껍질과 씨앗을 요리의 부재료로 활용할 수 있다. 깨끗하게 세척한 껍질은 훌륭한 마말레이드 재료가 되고, 과육 사이에 들어찬 굵은 씨앗은 맑은술에 담가 놓으면 요리주의 향을 증폭시킨다. 물론, 설탕 사이로 켜켜이 쌓은 유자 과육은 바닥이 가장 먼저 드러날 정도로 애용하는 달콤한 겨울의 맛이다.

석류

시장 가판대 위에서 홍일점처럼 빛나고 있던 석류는 그야말로 홍일점이다. 중국 당송 팔대가 왕안석이 쓴 영석류시詠石榴詩에 적힌 '푸른 잎 사이에 핀 한 송이 붉은 빛萬綠叢中紅一點'이 바로 석류다. 프랑스의 상징주의 시인 폴 발레리 또한 석류의 강렬한 자태를 짧은 시로 남겼다. 질긴 황금빛 껍데기를 파열시키는 꽉 들어찬 석류 열매, 새하얀 속껍질 사이로 루비와도 같은 석류의 이미지를 찬양해 마지않은 것이다. 석류는 뭇 예술가들의 심상을 자극하는 원초적인 아름다움을 지녔다. 나조차 석류 속을 파내다 말고 투명하게 빛나

는 붉은 심상에 머뭇거리기를 수차례 반복했으니. 언젠가 나의 정원에 심어둔 석류나무에도 잉여로운 씨앗을 알알이 품은 붉은 열매가 풍요롭게 물들어 가기를.

생강과 레몬

생강과 레몬의 조합은 겨우내 지속적으로 비타민을 흡수하기 위한 자연 치유제다. 앞선 제철 과일이 계절을 흠모하기 위한 유희였다면 생강은 조금 더 일상에 가까운 식재료다. 때마침 땅 속 깊은 곳에서 흘러간 봄과 여름 그리고 가을의 정취를 오롯이 머금고 제철을 맞이한 생강 뿌리는 겨울

의 문턱에서 다시 만난 반가운 손님이다. 감기가 불청객이었
다면, 생강은 그 반대라고나 할까. 생강의 알싸함을 상큼하게
감싸는 레몬은 맛의 조합에 생기를 더한다.

달콤한 꿀과 설탕에 버무려진 채 겨울의 차가운 공기 속에서 자연 숙성되어가는 계절의 보석들. 밀봉된 유리병을 열어젖히는 순간 달콤하고 향긋한 향기가 차갑게 가라앉은 공기 속으로 천천히 스며든다. 과즙과 뒤섞여 고유의 빛을 발하는 녹진한 과일청 한 스푼에 뜨거운 물을 부어 천천히 마시고 나면 추위에 움츠러든 몸과 마음 또한 눈 녹듯 사르르 녹아내린다. 혀끝을 타고 스며드는 달달한 겨울의 차 한 잔이 마음 한 구석까지 타고 들어와 온몸을 따뜻하게 물들이는 중이다. 두 손으로는 뜨거운 물에 은근히 달아오른 컵의 온기를 부여잡는다. 컵 속에서 모락모락 피어오르는 과일향과 함께 이른 겨울의 정취가 밀려온다. 투명한 유리병 사이로 빛나는 어여쁜 과육 덩어리가 서서히 바닥을 드러낼 때 즈음엔 따뜻한 계절이 다시 찾아오겠지.

○ ○
○ ○
○ ○
○ ○
○ ○
○ ○
○ ○

대 설

大

雪

눈이 많이 내리는 계절.

○ ○
○ ○
○ ○
○ ○
○ ○

지붕마다 겨울이 내리는 밤

간밤에 흩날리던 함박눈이 아침까지 이어진 어느 겨울날이었다. 빗물이 지붕을 두드리는 소리에 잠에서 깨는 건 한옥 생활에서 으레 있는 일이다. 그러나 밤새 불쑥 찾아든 '어느 먼 곳의 그리운 소식'은 소리 없이 지붕 위로 쌓여만 가고, 처마 끝을 타고 똑똑 떨어지는 낙숫물의 청아한 울림에 누운 자리에서 '잃어진 추억의 조각'을 맞이한다.

미셸은 그 누구보다 먼저 창가에 자리를 잡고 구슬 같은 눈동자를 반짝이며 쏟아지는 눈발을 응시하고 있다. 미셸의 눈동자에 비친 희미한 눈발은 마치 우주 속을 유영하는 무수한 항성처럼 빛났다. 늦가을을 기점으로 발길이 뜸해진 나의 옥상 정원은 설경이 그려내는 입체적인 풍경으로 되살아나는 중이다. 쉴 새 없이 지상에 안착한 눈발은 사멸한 나뭇

가지, 이파리, 꽃대 사이로 구석구석 내려앉아 새하얀 눈꽃을 피워낸다.

흩날리는 눈발 속에 점점 깊어만 가는 겨울. 한기가 서린 건조한 공기는 새하얀 손님이 내린 뒤 한층 촉촉해졌다. 월동을 위해 실내로 들인 관엽수의 축 늘어진 빳빳한 잎사귀에도 왠지 생기가 도는 듯하다. 달콤한 과일차 한 잔으로 몸에 온기를 더하고 골목길에 쌓인 눈이 빙판으로 변하기 전에 제설 작업을 서둘러야 한다. 어쩌다 눈이 내린 줄도 모르고 늦잠에서 일어나 게으른 하루를 맞이할 때면 대문 너머로 바닥을 긁는 마찰음이 울려 퍼지곤 했다. 골목길 터줏대감인 이웃집 할아버지가 우리 집 앞까지 치워주시는 소리였다. 그 소리가 마음의 빚으로 쌓여, 어서 눈 오는 날이 돌아오기를 기다려온 터다. 일찌감치 나가본 골목길에는 아직 눈이 쌓이지 않았다. 커다란 눈송이의 함박눈은 점점 가늘어지더니 빗물과 뒤섞인 채 땅을 적시기 시작한다. 부채 의식을 탕감하지 못한 아쉬움을 그대로 남기고 남아 있는 겨울을 기약해본다.

눈이 그치고 난 뒤 거짓말처럼 해가 비치기 시작한다. 눈이 녹으며 처마 끝을 타고 떨어지는 낙숫물에 마당이 흥건하다. 공기는 여전히 쌀쌀하지만 태양이 따스하게 내리쬐는 틈을 타 옥상을 정리하기 위해 사다리로 발을 내딛는다. 무심결에 방치한 항아리 안에는 아침에 내린 눈이 쌓여 녹아가는 중이다. 납설수臘雪水라 일컫는 눈 녹은 물은 과거 농경 사회에서 신성시되었다. 대설과 동지 무렵의 납일臘日이 되면 한 해를 마무리하는 의미로 국가적인 차원에서 제향이 거행되었고, 더불어 민간에서도 본격적인 월동을 위한 축제가 열렸다. 특히 이 무렵 내린 눈을 받아 녹인 납설수는 온갖 부정으로부터 일상을 수호하는 약수로 여겼다. 척박한 겨우내 삶을 지속할 수 있는 원동력이었던 것이다. 현대 사회에 납설수는 유효하지 않은 이야기다. 그저 항아리에 고이 담긴 납설수를 정원의 흙 위로 부어 땅 속에 웅크리고 있을 뿌리와 씨앗을 한 번 보듬을 뿐이다. 돌아오는 봄날, 수줍게 고개를 내민 허브 새싹은 납설수를 머금고 향긋한 잎을 틔워 나의 식탁 위로 피어날 것이다.

벹이 떨어지는 각도가 점점 낮아지고 있다. 태양이 지상에 머무르는 시간은 피부에 와 닿을 정도로 짧아졌다. 무자비하게 내리쬐는 직사광을 처마 끝으로 튕겨내느라 실내로 빛을 들이지 않던 여름날의 한옥 풍경과 사뭇 대조적이다. 확연히 낮아진 태양빛은 처마 아래 은근히 침투해 집안 깊숙한 구석으로 잦아든다. 좀처럼 볕이 들지 않던 은밀한 음지를 점령해 버린 겨울 빛. 반가운 마음에 그 빛을 잡아두고 싶지만 조각난 따스함은 어느새 저만치 달아나 버리고 만다.

마당 한 구석엔 추수 막바지 무렵 거둬들인 먹거리가 잔뜩 쌓여 있다. 영하의 언저리를 맴도는 온도와 건조한 대기가 빚어낸 환경은 자연의 냉장고나 다름없다. 말린 곡식과 채소, 비황 작물은 겨울의 쾌적한 환경 속에서 안정적으로 신선도를 유지한다. 서리가 내려앉을 즈음 수확한 서리태 꾸러미도 이제야 눈에 띈다. 그 사이 건조한 대기 속에서 콩 껍질이 바싹 말랐다. 단단히 여문 콩을 골라 월동 준비를 서두른다. 가을날, 널브러진 볏단 사이에서 마른 먼지더미를 마셔가며 수확한 햇땅콩도 껍질을 벗겨 저장하고, 집안 한 구석에서 오브제처럼 놓여 있던 늙은 호박 또한 서늘한 마당으로 옮아와 월동 준비를 마무리한다.

따스한 겨울 볕이 금세 달아날까 황망하게 바지런을 떨며 월동 준비를 서두른 눈 내리던 어느 날, 기분 좋은 불편함이 있는 한옥에서 겨울을 준비한다. 한층 차갑게 내려앉은 묵직한 공기층이 맨살에 부닥칠 때마다 의식적으로 꺼낸 두툼한 옷가지에 저물어가는 황금빛 햇살이 내려앉았다. 고양이는 속 털을 부풀려 겨울옷을 꺼내 입는 중이다.

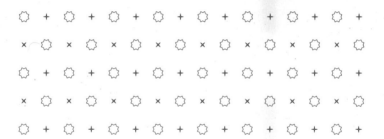

동 지

冬

至

밤이 가장 긴 날.
예로부터 '작은 설'이라 해서 크게 축하하는 풍속이 있었다.

연말의 식탁

"좋은 사람들과 맛있는 음식을 먹는 시간인 것 같아."

저물어가는 한 해를 반추하던 동지 무렵, 남편에게 가장 행복한 순간이 언제인가를 물어봤을 때 돌아온 말이다. 현실과 동떨어진 멋진 대답을 기대하고 있던 나는 괜한 반동 기질에 사로잡혀 다시 한번 물었다. 역시나 돌아오는 것은 꼭같은 문장. 그제야 비로소 일상의 순간을 삶의 소중한 부분으로 응시하는 한 사람의 진중한 태도를 읽었다. 행복을 바라보는 그의 관점은 정형화된 것이 아니었다. 사소한 잡담에 불과한 그 말속에는 반박하기 어려운 일상 철학이 담겨 있던 것이다.

그 말을 듣고 난 뒤부터 어쩐 일인지 모든 순간이 빛나기 시작했다. 저물어 가는 한 해는 일주일이 채 남지 않았고, 동지를 기점으로 다시금 부활한 태양은 순환하는 계절에 방점을 찍고 앞으로의 나날들을 환하게 비추고 있었다. 한 해의 끝자락을 핑계 삼아 부엌 한 편으로 다채로운 식재료가 두둑이 쌓였으며, 겨울의 문턱에 엮은 리스 다발은 퍽 온전한 형태를 유지하며 쇠한 아름다움을 풍겼다.

식재료를 다듬고 요리를 준비하는 나의 작은 수고로움은 좋은 사람들과 따뜻한 시간을 나누기 위한 한 줌의 불씨와도 같다. 부엌에서 칼질을 하고, 오븐을 켜고, 팬을 달구며 맛의 조합을 그려내는 순간은 단지 식탁 위로 접시를 올리기 위한 것만이 아니다. 손끝으로 익숙한 식재료를 감각하며 나도 모르는 사이 어떤 기억을 떠올리고, 뜨겁게 달아오른 팬 위로 솟구치는 증기를 뚫고 희미한 추억의 향기 속으로 빠져들기도 한다. 어떤 이는 면 요리를 좋아하고, 어떤 이는 달콤한 디저트를 예찬했으며 누군가는 갖은 허브 향신료를 곁들인 스테이크 접시를 깔끔하게 비워냈다. 나는 남편이 이야기한 '행복한 순간'이 그려내는 변주를 일상 속에서 이미 만끽하고 있었던 것이다.

오븐 안으로는 리스 모양과 닮은 구겔호프가 서서히 부풀어 오른 채 달콤한 향기를 풍기고, 팬 위로는 로즈메리 향

을 머금은 양갈비가 고소한 육즙을 뿜어내는 중이다. 토핑에
따라 다양한 조합이 가능한 브루스케타는 식탁 위 내리쬐는
조각난 햇살 아래 놓였으며, 뜨거운 솥단지 안에는 노란 단
호박 수프가 뭉근히 끓고 있다. 접시 위로 나지막하게 쌓은
그린 샐러드는 올리브와 토마토를 비롯한 제철 과일의 다채
로운 색상을 머금고 크리스마스트리처럼 식탁 한가운데 놓
였다. 샐러드 위로 하얗게 채친 치즈 가루가 꼭 눈꽃이 내려
앉은 것 같다.

분주하게 음식을 준비하며 좋은 사람들과 두런두런 앉아 식사를 즐기던 연말의 어떤 날, 뜨거웠던 한 해의 기억을 빛바랜 추억으로 남긴 채 여전히 지속해 나아갈 일상을 위해 정성스럽게 차린 식탁 위로 온기를 나누어 본다. 그렇게 젊은 날 우리에게는 불 위에서 끓고 있는 향긋한 밀크티 냄새가 차가운 공기를 감싸고 고양이가 발밑에서 졸고 있는 풍경이 하나 추가되었다.

소 한

小

寒

겨울 중 가장 추운 시기.
이름만 보면 대한大寒이 가장 추울 것 같지만 한국에서는 소한이 가장 춥다.

털실을 엮으며 삶을 이어가다

북방의 한기가 남하해 한반도를 점령한 어느 겨울날이었다. 이례적인 한파로 최저 기온을 갱신 중이던 그 해 겨울, 추위가 절정에 치달은 소한의 절기 속에 서울의 기온은 영하 18도까지 내려갔다. 같은 시간 모스크바는 영하 14도를 기록하고 있었다. 매일 아침 동파의 위험이 도사린 마당의 수도 배관을 가장 먼저 확인하는 것이 일상이 되었고, 보일러 배기구의 수증기는 그대로 액화된 채 처마 끝으로 떨어졌다. 한 방울씩 땅 위에 쌓이며 굳어가는 얼음 덩어리는 마치 석회 동굴의 석순처럼 빛났다.

'소한 추위에 대한이 얼어 죽는다'는 말은 이 절기를 대변하는 그 어떤 관용어구보다 머릿속에 각인되었다. 그저 하루하루를 무사히 보내는 것만으로도 스스로의 중립을 저울질하는 지표가 되었을 정도다. 절정에 이른 소한 추위는 한겨울 속에서 서로의 거리를 좁혀온다. 실내로 들인 식물은 볕이 잘 드는 남향의 한 귀퉁이에 따닥따닥 붙어 생장을 웅크린 채 겨울을 견뎌내는 중이고, 담요 위로 몸을 맞댄 미셸과 꼬망은 간극이 존재하지 않을 정도로 붙어 서로의 체온을 나눈다. 그 틈을 살며시 헤집고 온기를 보태고 싶을 만큼 포근하게.

겨울을 날 때마다 지속적으로 쌓인 털실뭉치는 한 해 만에 비로소 낮게 내리쬐는 겨울의 빛과 조우한다. 어떤 실뭉치는 한 올도 풀리지 않은 온전한 모습이고, 어떤 건 귀여운 귤이나 테니스공처럼 쓰고 남은 실이 동그랗게 뭉쳐 있다. 바구니에 쌓인 각양각색의 털실은 그 자체만으로 스산한 풍경 속에 온기를 더한다. 올해도 어김없이 꺼내 든 뜨개질 꾸러미의 조각난 털실뭉치 틈에서 지난겨울의 기억을 들춰낸다.

몇 해 전 우연히 파랑과 노랑, 빨간색 털실을 떠안게 되었을 때까지만 해도 털실은 그저 고양이들의 장난감에 불과했다. 다음해 겨울이 다가오자 나는 삼원색과 조화를 이룰 은은한 미색과 파스텔톤 털실을 찾고 있었다. 장난 삼아 엮은 코스터를 시작으로 털실 꾸러미는 손때를 타기 시작했고, 바구니는 어느새 서로 다른 색상, 소재, 굵기의 실뭉치로 더욱

부풀어 있다.

쓰다 남은 자투리 실은 두 가지 색을 배합한 쿠션 커버로 거듭났다. 남색과 미색, 노랑과 미색, 채도가 다른 보라색의 조합으로 서로 다른 패턴을 그리며 쿠션 커버를 뜨던 지난겨울의 기억이 풀어진 실처럼 술술 떠오른다. 일 년만의 뜨개질에 기억은 가물거리지만 손끝의 감각을 좇아 시간의 공백을 딛고 한 올 한 올 다시 털실을 엮어 나간다. 첫 코부터 수가 틀려 몇 번이나 풀었다 감기를 반복했다. 덕분에 한참을 제자리에 머물러 있었지만 서두르지 않기로 한다.

지난겨울과 달라진 점을 꼽자면 결과물을 향한 강박으로부터 조금은 느슨해진 것이다. 잘못 뜬 코를 풀어 다시 돌아가는 것 또한 나의 자취다. 실수로 한 코를 덜 꿰거나 더 꿰어 바늘을 빼고 엮인 실을 풀어야 하는 순간, 시간과 노력을 통째로 도난당한 듯한 허망함이 깃들기도 하지만 곱슬곱슬하게 말린 실에는 나의 손자국이 고스란히 남아 있다. 굽어진 길을 따라 다시 한번 나아간다. 시행착오를 겪은 손끝의 감각은 어느새 아름다운 패턴을 늘어뜨린다.

올해는 흘러가는 겨울의 정취를 따라 새까만 목도리 하나를 엮기로 했다. 우리는 서로의 온기를 나누기 위해 라디에이터 곁에 둘러앉아 각자의 일상을 유영한다. 나의 손끝은 검은색 캐시미어 털실로 물들어 가고, 곁에 앉은 남편의 손끝은 쌓아 놓은 귤껍질을 까느라 노랗게 물들었다. 검은색 실뭉치를 호시탐탐 노리는 고양이의 사랑스러운 콧날은 털실 끝을 향해 유독 빛난다. 나는 뜨개질을 잠시 멈추고 털실을 풀어 고양이와 왈츠를 즐겨 본다. 어떤 날은 그 길이가 퍽 늘어나 있고 어떤 날은 겨우 손마디 하나에도 못 미치지만, 꾸준히 손을 움직이다 보면 어렴풋한 봄 냄새가 고양이 발등에 내려앉을 즈음에는 매듭을 지을 수 있을 것이다. 그리고 완성된 목도리는 돌아오는 겨울의 문턱에서 그해 겨울을 따듯하게 감싸 줄 것이다.

뜨개질을 하는 동안은 한 올 한 올 빈틈이나 어긋남 없이 잘 짜인 니트의 패턴처럼 나의 일상 또한 탄탄하게 가꾸고자 하는 마음으로 충만해진다. 뜨개질의 미학을 꼽으라면, 언제든 풀었다가 다시 엮을 수 있다는 점이다. 올을 엮을 때의 정성과 올을 풀어야 할 때의 허망함이 서로 다른 이야기가 아님을, 내 일상의 궤적 또한 풀어내야 할 순간 한 올의 거스름 없이 잘 풀리도록 작은 다짐을 속으로 되뇌어 본다.

대 한

大

寒

가장 추운 때라는 뜻이지만 실제로는 아니며,
대한의 마지막 날을 겨울을 매듭짓는 계절적 연말일로 여긴다.

경계에서

　며칠 전 제법 흩날리던 함박눈이 채 녹지 못하고 이웃집 기왓장 사이에서 얼음 덩어리가 되었다. 미셸은 늘 그래 왔듯이 창가 옆 사다리에 올라앉아 가냘픈 음성으로 울부짖는다. 어서 문을 열라는 신호다. 밤새 내린 눈이 얼마나 쌓였는지 궁금해 미셸을 따라 옥상에 오른다. 햇살과 마주한 미셸의 수염 끝자락이 유난히 뾰족하다. 허공을 향해 온몸을 추켜세우고 일찌감치 봄을 감지하는 듯하다.

　24절기의 마지막을 흘려보내며 겨울을 매듭짓는 시간. 순환하는 계절 속에서 진정한 의미의 한 해를 갈무리하며 봄을 기다리는 애틋한 마음이 깃든다. 시절은 입춘을 향한다.

정오 무렵이 되면 겨울 햇살이 유리창을 투과해 부서지기 시작한다. 나는 괜스레 알 수 없는 불안감에 휩싸인다. 그 빛은 낮은 고도를 그리며 금세 비켜가기 때문이다. 모양을 바꾸어 가며 빛을 쪼개던 그림자의 형상을 좇다 보면 어느새 빛은 달아나고, 잔광이 거실을 비추고 있다.

거실은 오래된 집에서 일상의 농도가 가장 짙은 곳이다. 하루가 시작되면 나는 물론 남편과 고양이들도 약속이나 한 듯 거실을 향해 암묵적으로 정해진 각자의 자리를 점한다. 한옥 한 귀퉁이에서 떨어져 나온 판재를 개조해 만든 소파 테이블은 집의 일부인 양 생활의 일부를 대변하고 있다. 때로는 식탁이 되기도 하고, 따뜻한 차와 달콤한 디저트를 곁들인 티 테이블이 되기도 한다. 집중력을 발휘해 작업에 매진했던 순간 또한 이 테이블 위에서 이루어졌다.

달아나는 빛이 작은 부엌을 스쳐간다. 겨울의 막바지에 이른 태양빛은 부드럽게 피사체를 감싼다. 대한과 입춘의 경계에서 볕은 한층 부드러워졌지만 겨우내 추위에 움츠러든 몸과 마음은 동토 마냥 굳어 있는 것 같다. 이른 저녁을 준비하며 묵직한 무쇠솥을 꺼내 본다. 겨우내 갈무리해 둔 비황작물과 한기를 피해 땅속의 양분을 한껏 품은 뿌리채소, 두툼한 양고기와 와인, 건조한 태양빛에 말린 허브가 한데 뒤섞인 스튜를 만들 생각이다. 뜨겁게 달아오른 솥에 뭉근히 끓여낸 스튜는 추위에 지친 몸과 마음을 녹이는 위로의 묘약이다. 뜨거운 솥의 잔열로 익힌 야채와 장시간 조리된 고기의 부드러운 식감, 스튜가 완성되기 전 데치듯 첨가한 채소의 아삭함이 따듯한 스튜의 국물과 어우러진다. 살짝 첨가한 와인은 국물 속에 은은하게 배어 산미를 자극하고, 곁들여 마시는 차가운 와인은 입속으로 퍼져나가며 다음 숟가락을 재촉한다.

태양이 대지에 머무는 시간이 점점 길어지고 있다. 달라진 태양빛의 각도와 겨울이 물러서기 전 곧 소멸되어버릴 한기를 마지막으로 힘껏 토해놓은 듯한 추위, 그리고 피부가 갈라질 듯한 건조함을 다시 마주한다. 월동을 위해 숨죽여 있던 스산한 풍경 틈으로 작은 속삭임이 들리기 시작한다. 귀가 간지럽다. 봄이 오고 있나 보다.

공간의 양상은 인간의 행태를 그대로 규정한다.

-르페브르

언젠가 돈의문박물관에 들른 적이 있다. 재개발로 사라
진 마을을 다양한 방법으로 기억하기 위해 마련된 전시가 한
창이었다. 전시장 한 편에는 관람객 참여형 부스가 마련되어
있었는데, 질문이 적힌 종이에 손수 답을 적는 형태였다. 어
느새 나는 펜을 들고 문장을 완성시켰다.

'우리 동네는 굽이굽이 골목이 흐르며 밥 짓는 냄새와 시
시콜콜한 잡담雜談이 끊이지 않는 곳'

사라져버린 동네에 대한 기억을 기록하는 사람들이 있
고, 그 기록을 기억하는 사람들이 있다. 전시를 관람 중인 나
는 후자였지만 잠재적으로 전자에 해당하기도 했다. 오래된
동네의 오래된 집에 살며 일상을 기록하고 있으니 말이다.

메모장에 문장을 써내려가며 나는 내가 살고 있는 집, 그리고 이어진 골목의 풍경을 그대로 떠올렸다. 자동차가 진입할 수 없는 좁은 골목 사이로 저녁노을이 지면 밥 짓는 냄새가 풍겨오고 서로 벽을 맞댄 이웃집 사이로 일상의 순간들이 고요히 울려 퍼진다. 시간과 공간의 감각이 활짝 열려 있는 또 다른 세계, 오래된 나의 집.

다시 이 작은 세계를 벗어나 보이지 않는 끈을 따라 연결된 골목을 타고 발걸음이 닿는 곳으로 향한다. 도시는 내가 사유할 수 있는 한계치를 훌쩍 넘어선 시공간을 품고 있다. 시인 김수영은 그것을 〈거대한 뿌리〉로 묘사했다. 해방 후 일제 잔재와 미국의 섭정 사이에서 대혼란을 겪고 있는 한국 사회의 단면을 시인만의 자조적인 필치와 애정을 담아 써내려간 바로 그 시. 아무리 더러운 전통이라도, 아무리 더러운 진창이라도 우리 속에 내재되어 있는 전통과 정체성은 감히 그 어떤 것도 범접하지 못할 시커먼 거대한 뿌리에 웅크린 채 도사리고 있다.

어느덧 발걸음은 광화문 네거리에 멈춰 섰다. 굳건한 광화문을 배경 삼아 바쁜 현대인의 발걸음과 분주한 자동차 불빛이 마치 핸드헬드 쇼트handheld short로 촬영된 영화의 한 장면처럼 느리게 움직인다. 거대한 뿌리 속을 여전히 살아가고 있는 현재 우리의 모습. 전통과 현재, 그리고 일상이 중첩된 모습은 언제나 그렇듯 공존한다.

다시 집으로 발걸음을 돌린다. 골목에서 스친 칼갈이 노인의 우렁찬 외침이 쩌렁쩌렁 울려 퍼진다. 내가 쓰고 있는 세라믹 칼의 효용성이 왠지 무용해지는 듯한 환상에 사로잡힌 저녁이었다.

지금 여기에 잘 살고 있습니다

초판 1쇄   2019년 10월 17일

지은이   장보현
사진   김진호
책임편집   김은지
마케팅   김선미 김형진 이진희
디자인   김보현

펴낸곳 생각정거장   **펴낸이** 서정희

등록   2003년 4월 24일(No. 2-3759)

주소   (04557) 서울시 중구 충무로 2(필동1가) 매일경제 별관 2층

홈페이지 www.mkbook.co.kr

전화 02)2000-2630(기획편집) 02)2000-2645(마케팅) 02)2000-2606(구입 문의)

팩스 02)2000-2609   **이메일** publish@mk.co.kr

인쇄 · 제본 ㈜M-print   031)8071-0961

ISBN 979-11-6484-033-5(03810)

이 도서의 국립중앙도서관 출판예정도서목록(CIP)은 서지정보유통지원시스템 홈페이지(http://seoji.nl.go.kr)와
국가자료공동목록시스템(http://www.nl.go.kr/kolisnet)에서 이용하실 수 있습니다.
(CIP제어번호: CIP2019038466)